厉华

红岩革命历史研究专家解读：

《红岩》背后的故事

中国文史出版社

目　录

第一章

血雨腥风铸《红岩》

　　红岩，本是重庆化龙桥区域的一个地名，因其地貌为侏罗纪地质形成的红色石谷山岩，突兀嘉陵江边特别显眼，隔江相望酷似一鸭嘴，自古以来被称为"红岩嘴"。1939 年 5 月，由于日机大轰炸，设在重庆机房街 70 号的中共中央南方局和八路军驻重庆办事处被炸毁，董必武、博古等率领南方局和办事处大部分同志迁往红岩，红岩此后成为革命的象征。1961 年，因同名小说《红岩》的出版，红岩这片热土更加知名。一说到红岩，人们就会想起那段血雨腥风的红色岁月。

　　《红岩》一书是国民党集中营的幸存者罗广斌、杨益言根据自己的亲身经历创作的，讲述了 1948 年在国民党的统治下，处在黎明前最黑暗时刻的共产党员在渣滓洞和白公馆中与敌人斗争的故事。他们用坚强的意志，对抗着敌人种种惨无人道的折磨，最终坚贞不屈，乃至献出了自己宝贵的生命。而他们之所以被捕牺牲，很多是因为叛徒的出卖。

　　新时期里，习近平总书记提出了"三严三实"的要求——严于修身，严于用权，严于律己；谋事要实，创业要实，做人要实。无论是抗日战争即将胜利结束时黄炎培与中共领袖毛泽东的窑洞对话，还是今天习近平总书记提出的"三严三实"要求，其实都是要解决一个根本性问题：革命党转为执政党后，如何防止堡垒从内部攻破。我们不曾被拿枪的敌人打倒，也不曾被西方的颜色革命颠覆，但是如何防止堡垒从内部攻破，如何防止叛徒的出现，这不仅是一个历史问题，也是一个现实问题。重读《红岩》，对今天的我们来讲有着重要的启发意义。

中共历史上的三次大破坏

说起《红岩》诞生的历史背景，还要从中共历史上出现的三次大破坏开始。出现三次大的破坏，其背景有三：一是 1928 年蒋介石制定的《暂行反革命治罪条例》；二是蒋介石起用黄埔军校六期学生戴笠组建军委会调查统计局，专门负责搜集情报，排除异己；三是蒋介石制定的"攘外必先安内"政策。

第一次大破坏发生在 1931 年 1 月，在上海东方大旅社，何孟雄、李求实、胡也频等 20 多名共产党员被捕，然后被国民党迅速处死。4 月 25 日，中共

杨登瀛　　　　　　　　恽代英　　　　　　　　蔡和森

中央政治局候补委员、中央特科负责人顾顺章在武汉被捕叛变，中共在上海国民党特务机关安插的重要线人杨登瀛不幸暴露。紧接着，中共领导人恽代英、蔡和森被捕遇害。接下来，6月15日，共产国际执委会联络局派入上海的负责人牛兰夫妇被逮捕。6月22日，中共中央总书记向忠发被捕，三天后被杀害。7月25日，中共中央宣传部领导干部罗绮园、杨匏安等被捕遇害。8月，中共中央军委委员、江苏军委书记李超时被捕，9月19日被杀害。这一系列的破坏，导致中共在城市的工作组织完全没办法生存下去。

1927年"四·一二"反革命政变后，中共提出工农武装割据理论，无法再同工人阶级进行联系，被迫全部转入农村，开始了长达十年的农村包围城市的艰难探索。

第二次大破坏发生在抗日战争时期，主要表现是南委的组织部长郭潜的叛变。首先是中统局利用中共叛徒徐锡根破坏了江西省委，紧接着广东、广西省委先后被破坏，三个省的省委书记被捕，其中广西省省委书记苏曼为了救党不惜采取自杀的方式报警，江西省省委书记谢育才不惜抛弃自己的亲生儿子去给党送信。三个省的党组织被破坏，造成整个抗战期间中共东南沿海纵队遭受重大打击。当时在重庆的周恩来不得不紧急下达命令：国统区的地下党组织全面停止工作，等待中央的决定。国民党中统局局长徐恩曾说："这是我和共产党在抗战时期战斗中唯一的胜利，也是我全部战斗记录中经过时间最长、技术上最为成功的胜利。"第二次大破坏导致南方局领导下的南方工作委员会全面被毁。

第三次大破坏是发生在重庆解放前夕川东地下党组织的破坏，也就是《红岩》的全部历史。其原因，一是1947年发生的三次川东武装起义，二是1948年《挺进报》的扩大发行。由于出现了叛徒，导致南方局建立的国统区党组织全面被毁，300多人被捕，重庆解放前夕几乎全部被杀害。这次大破坏，导致整个西南地区党组织受到重大损失。

何孟雄

李伟森

胡也频

柔石

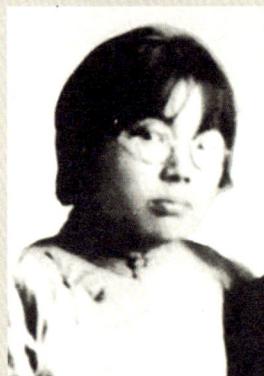
冯铿

殷夫

张文彬

廖承志

谢育才

归纳起来，三次大破坏有其共同特点：一是个别党员缺乏对组织的敬畏之心；二是不慎独慎微，不严于律己；三是不按照地下党组织的制度和规则办事。第一个叛徒顾顺章，为了给自己的小姨太弄点零花钱，不惜在武汉街头撂地摆摊，被国民党的眼线发现，将其逮捕。第二个叛徒郭潜，组织观念淡薄，江西省委存在严重问题，但他向中央只报喜不报忧，叛变的时候被敌人用金钱打垮。第三个叛徒刘国定，不愿意到艰苦的岗位工作，贪恋城市生活，最后被敌人攻破，造成了重大损失。

解放在即，300 多名共产党员被关进了国民党的集中营

由于第三次大破坏，300 多名共产党员被关进了国民党军统的集中营。1949 年 10 月 1 日，新中国成立的消息传到了渣滓洞、白公馆，狱中的所有革命志士万分激动，他们梦寐以求的目标终于变成了现实，新中国已经成立，大家无限地欢欣鼓舞，他们唱歌、跳舞、憧憬、设计着出去以后该干什么。但是到了 1949 年 10 月中旬，蒋介石第六次来重庆部署他的西南防务计划，国民党保密局为了向蒋介石表

渣滓洞

明重庆固若金汤、完全在政府的控制下，分别从渣
滓洞、白公馆提押出十名政治犯公开宣判，公开枪
杀，并且提前一天在报纸上登出了消息。

10月27日下午3点多，消息传到渣滓洞、白公
馆。这时，一个共同的心声从每一个狱中党员的心
中迸发而出：我们为什么会被捕？我们没有一个人是
因为暴露了党的目标、违反了党的纪律而被捕，我
们都是被自己的领导出卖的；如果地下党成为执政党
后再出现这样叛变的情况，我们为什么要去死？我
们就算死，也不是死得其所。所以，大家共同发出
一个强烈的声音，要求狱中党组织同意打破一切界

限，互相讨论研究，分析总结地下工作期间的经验教训，为我们执政党留下最后的忠告。他们要用死亡捍卫自己生命的意义，要用生命表达自己对党的绝对忠诚。

在这场讨论中，江竹筠提出，我们不要理想主义，其实我们组织存在很多问题；许晓轩提出，我们应该严格进行整党整风；刘国志提出，我们绝不能玷污党的荣誉。这场讨论在每一个牢房里悄悄地进行，在狱中党组织的领导下，他们一个问题一个问题地分析、讨论、总结。但是到了最后，一个问题摆在大家面前：我们总结讨论了这么多，谁能够把它带出去，交给我们的党？

大家把目光转向一个人，这个人就是罗广斌，《红岩》小说的作者。他

罗广斌

被捕是被副书记冉益智出卖的，冉益智出卖他的时候告诉国民党刑侦二处处长徐远举说，他不是一般人，他哥哥是罗广文，国民党十五兵团司令，蒋介石当年固守西南120万军队中的绝对嫡系。徐远举听说后，立即到罗司令长官办公室汇报，说他的弟弟

犯了共党案件，问他怎么办。罗司令长官说，我这个弟弟从小被父母娇宠惯了，麻烦徐处长带去替我好好管教管教，但是先说清楚，不要伤及皮肉，否则老头子面前没法交代。

在得到罗司令长官同意后，罗广斌被捕入狱。入狱后，敌人除了审讯，不敢对他施加刑罚。罗广斌就利用这一点，经常在渣滓洞搞串供、带头"闹事"，甚至冲进国民党特务的办公室打开收音机，直接收听新华社的电台广播。后来国民党特务感觉他太棘手，就给他戴上脚镣手铐让他动弹不得。罗广斌就把自己的裤腰带取下来，把脚镣手铐串起挂在脖子上，照样出去带头"闹事"。后来，国民党特务干脆把他作为重犯，转囚到白公馆监狱关押。就这样，罗广斌成为唯一一个既在渣滓洞又在白公馆两所监狱被关押过的人。

在白公馆监狱，罗广斌参加了狱中党组织所有关于最后决定的讨论。1949 年 11 月 27 日，国民党实施大屠杀，到晚上 9 点钟，白公馆里的所有枪手全部被转移走了。面对这一情况，罗广斌等人感到很吃惊：到底是怎么回事？剩下的最后十几个人紧急喊住看守班班长杨钦

看守杨钦典

典，杨钦典告诉他们说，上面有通知，先到渣滓洞那边，把人干掉以后，再回过头解决你们!

在这种情况下，罗广斌对杨钦典做起了攻心策反工作，希望他能站在革命一边，有立功的表现，否则人民解放军来了以后，别说他回河南老家，连重庆都跑不出去。杨钦典原是国民党蒋介石侍卫营的人，在罗广斌强大的攻心压力下，他最后同意说："这样，我把牢房的门锁打开，你们先别动，我到楼上去观察一下。没什么情况的话，我在楼上跺三下脚，听到后你们自己摘下门锁跑出去。"经过痛苦的抉择，杨钦典在白公馆的楼上最后跺脚三声为号，罗广斌摘下门锁，组织最后 19 个人死里逃生，虎口脱险。

脱险后的罗广斌不愿见任何人，躲在家中奋笔疾书，于 1949 年 12 月 25 日向西南军政委员会组织部递交了一份《关于重庆组织被破坏和狱中情形的报告》。这份报告详细总结记录了狱中同志对地下党期间斗争经验问题的分析和斗争的详细经过，从总结党的经验教训出发，为我们执政党提出了若干建议。它从案情发展、叛徒群像、狱中情形、脱险人物、烈士典型、特务屠手、狱中意见、自我检讨八个方面做了总结。

对这份报告，当年党组织进行过多方面的考证，并让罗广斌不断地补充。最后在 1950 年基本形成的时候，党组织让罗广斌写了一份保证书："我以无比的信心，相信党对我的爱护；也以无比的忠诚，对党负责，保证前此所写的全部材料的真实性。党可以根据现有的和将来的资料加以检查，如果在恢复党籍后的任何时间，发现材料上有与事实不符或者欺骗蒙蔽党的地方，我愿意接受党的任何最严重的处分，包括开除党籍在内。"

组织部门对这份报告最后的认定，是在恢复罗广斌党籍的批示报告中。1950年9月，重庆市委组织部《关于恢复罗广斌同志党籍的决定》中这样写道："我们认为，罗广斌同志所写的材料是可靠的，因此决定恢复罗广斌同志的党籍。至于候补期，因罗在狱中经过考验，已具备党员条件，按期转正为正式党员，党龄从1948年12月1日算起。"

"狱中八条"的诞生

由于重庆解放后先是省辖市，后又是西南大区所在地、直辖市，此后又成为省辖市，四次变化，导致材料分散。红岩革命历史博物馆花了将近20年时间，才把这份材料从不同的地方基本找齐。这份报告中尤为珍贵的部分，是被称为"难得的党史文献资料"的

罗广斌《关于重庆组织被破坏和狱中情形的报告》

第七部分，即"狱中八条意见"。八条意见的具体内容是：第一，防止领导成员的腐化；第二，加强党内教育和实际斗争的锻炼；第三，不要理想主义，对上级也不要迷信；第四，注意路线问题，不要从右跳到'左'；第五，切勿轻视敌人；第六，重视党员特别是领导干部的经济、恋爱和生活作风问题；第七，严格进行整党整风；第八，惩办叛徒特务。

这八条意见是革命烈士一种带血的嘱托，是地下党期间斗争经验的总结，更是我们今天不可不记取的经验和教训。八条意见的内容可以归纳为两句话：一是信仰的力量；二是忠诚与背叛。

中國故事

第二章

信仰的力量

在挽救国家危亡、求得民族解放的伟大事业中，一大批共产党人不惜舍身捐躯，他们或英勇就义在反动阶级的屠刀下，或洒血牺牲在枪林弹雨的战场上。他们顽强不屈、慷慨赴死的大无畏精神，显示了中国共产党人信仰的力量。就如一位烈士曾在《牺牲》一文中充满激情地写道："绝美的风景，多在奇险的山川。绝壮的音乐，多是悲凉的韵调。高尚的生活，多在壮烈的牺牲中。"献身民族解放和共产主义运动的壮丽事业，是中国共产党人信仰的核心内容。正是坚守了这种信仰，中国共产党推翻了三座大山，创建了新中国。那么，在地下党期间，在白色恐怖中，中国共产党人信仰的力量又表现在哪些方面呢？

父亲跪地相劝　为革命誓不回头——何功伟

所谓信仰的力量，第一点是修身律己，实现党

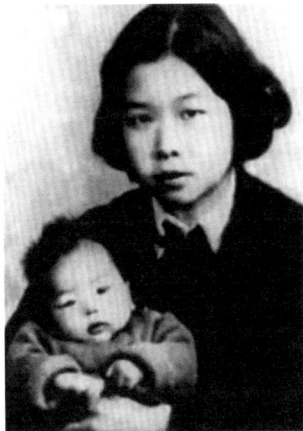

何功伟　　　　　　　何功伟的妻子和儿子

性和人性的统一。党性是一种政治规定性，人性是一种客观存在，党性、人性的统一必须在强大的文化传统力量的指导下，使两者统一起来，去承担一种"天下兴亡、匹夫有责"的历史使命。

照片上的这位烈士叫何功伟，当年在南方局接受培训以后，组织上委任他为湖北鄂西区党委宣传部长，让他到湖北去把三江地区的抗战工作组织发动起来。何功伟上任后，通过各种方式，把三江地区的抗战宣传工作搞得轰轰烈烈，两次受到国民政府的通报表彰。后来南方局决定，让他在湖北接任书记一职，妻子许云则被带回重庆，以便安全地生孩子。

两夫妻分开不到三个月，国民党发动第二次反共高潮，公开破坏我省委机关，逮捕领导干部，何功伟不幸被国民党当局逮捕。国民党六战区司令长官陈诚听闻何功伟被逮捕，非常兴奋，他一向佩服何功伟口才雄辩、才华横溢，所以下令务必促其转变立场，为其所用。同学、亲戚、朋友一个一个到狱中去劝说何功伟，三青团组织部、宣传部的干部也一拨一拨地接踵而至，但是没有一个人能够给陈诚带回如意的消息。最后，国民党当局决定把何功伟的父亲何楚瑛送到牢房，妄图用亲情对他施加压力，要求他转变立场。何楚瑛听闻儿子犯了"王法"，干脆把行李一扛，住到了牢房里，天天从立德、立功、立言、修身、齐家、治国、平天下方面与儿子促膝长谈，但是没有一次不是不欢而散，没有一次不是激烈的交锋。最后儿子向父亲提出："大人，我不希望您在这儿充当政治说客，我希望您离开这个地方。"父亲万般无奈，只好离开牢房。

何功伟在狱中想到自己自幼丧母，一手由父亲拉扯长大，白发苍苍的父亲为自己的事受苦坐监，于心不忍，于是提笔给父亲写了一封信。信中有这样一段话："儿不肖，连年远游，既未能承欢膝下，复不克分持家计。只冀抗战胜利，返里有期，河山还我之日，即天伦叙乐之时……当局正促儿转变，无意必欲置之于死，然按诸宁死不屈之义，儿除慷慨就死外，绝无他途可循。为天地存正气，为个人全人格，成仁取义，此正其时。"这封信没有被送到父亲手上，却被交到了陈诚的办公室。陈诚看到这封信后，提笔写下"至情至爱，大忠大孝，真为仁义"几字，然后下令把父亲何楚瑛请到办公室，把他儿子的这封信交给了他。

父亲看到这封信以后号啕大哭，陈诚在一旁对他说："老先生，你的儿子，我派他到政府去工作他拒绝，我送他到三青团实验区他也不去，像他这样的人放到社会上天天给政府搞反动，那不是件好事儿。"希望何楚瑛再到狱中对何功伟进行最后的规劝。

何楚瑛又一次来到牢房的时候，抱了一坛子酒。一进牢房门口，儿子见父亲出现，非常生气地说："父亲大人，不是说您不要再来了吗，怎么又来了？"父亲没有理他，倒了一碗酒端起来对他说："我今天到这儿来，不想同你讨论任何事情，今天到此是给你送一个喜讯的。"何功伟一听，说："我身在牢房，能有什么好事儿？"父亲端着酒碗说："你知不知道，你的妻子许云在重庆给你生了一个胖小子，你说这是不是喜？我该不该来给你道一个喜？"何功伟一听，非常兴奋，大声说道："我是爸爸，我有孩子了，我也是父亲了！"他接过父亲手中的酒碗，将酒一饮而下。父亲又倒出第二碗酒，端起来对他说："孩子，咱们喝了这碗酒，马上就去重庆看看你的儿子，抱抱我的孙子，如何？"何功伟听父亲此言一出，明白了他的来意，便背转过身去，不再做搭理。老人端着酒碗无奈、凄苦地说道："我知道你会这样，所以今天我来，想把话挑明于你，一旦我去到重庆，那将是一手得孙，一手丧子。"看到儿子无所搭理，老人痛苦地将酒泼洒于地，然后跪在儿子身后说道："老夫我自幼饱读诗书，满腹经纶，没想到面对你所谈主义、理论，我竟无言以答。他日杀你必陈司令长官，老夫我一定东门守候为你敛尸，在你墓碑上刻上'何少侠'三字，日后以让你妻儿辨认。"说完，他踉踉跄跄地站起身要离开牢房，何功伟转过身来，失声大叫："父亲大人，您自己多保重！"然后，从稻草地铺里拿出两封信交给父亲，希望他速去重庆红岩。

陈诚

当晚，陈诚在办公室知道这一情况后，最终作出决定：处决何功伟。监狱长阎夏阳被何功伟在狱中数月来的精神气节所感动，当何功伟被押出牢房、推向刑场的时候，他一手拦住何功伟的去路，对他说："你现在点一点头，就算你有悔改之意，我立即上报，可以把行刑暂时压一下。"何功伟看着监狱长，两行热泪夺眶而出，但是他没有停下脚步，继续向前走去。监狱长再一次跑上去，双手拦住他的去路，对他说："生命是不可失而复得的！"但是何功伟仍然倔强地向前走去。

枪声响起，年仅 26 岁的何功伟倒在了血泊之中。三个月后，父亲何楚瑛辗转来到重庆，在红岩村董必武的办公室拿出了儿子的两封信。董必武看了信后激动不已。当天晚上，红岩召开干部大会，董必武宣读了何功伟写给父亲的那封信。信的最后写道："儿献身真理，早具决心，纵刀锯斧钺加诸颈项，父母兄弟环泣于前，此心亦万不可动，此志亦万不可移。谁无父母，谁无妻儿，儿安忍心出卖大家、牺牲他人，而苟全一己之私爱？儿决心牺牲个

何功伟烈士就义处

何功伟烈士纪念碑

人，以利社会国家，粉身碎骨，此志不渝……"周
恩来宣读了何功伟写给妻子的信，信的最后写道：
"告诉我所有的朋友们，加倍努力吧！把革命红旗举
得更高，好好教养我们的后代，好继续完成我们未
完成的事情。"妻子许云在失声痛哭中，听见周恩来
同志说："让我们记住功伟！让我们学习功伟！"

"为天地存正气，为个人全人格"，这就是何功伟
信仰的一种力量。不出卖大家、牺牲个人苟全一己之
私爱，这就是何功伟党性、人性的高度统一。中国革
命为什么能够成功？中国共产党为什么能够夺取政权

创建新中国？正是由于有无数像何功伟这样坚守自己信仰的力量、绝不出卖他人的先进分子。

拒绝家人营救　含笑赴刑场——刘国志

所谓信仰的力量，第二点是严于律己，绝不玷污党的荣誉。在红岩的殉难烈士当中，大部分不是饥寒交迫出身，而是出身于富有的家庭。刘国志就是其中的典型代表之一。

刘国志生于一个封建地主家庭，家里有土地三千余亩、两家企业，并持有大量银行股票，他从小就过着优越的生活。读高中期间，面对学校里的种种现实状况，他向自己提出了许多问题：为什么同班同学有的因交不起学费而被迫中途辍学？为什么有些同学经常只带着一个馒头或烧饼到学校度日充饥？都是同学，都是人，他们为什么不能像我这样不为学费、生活费而发愁？为了解答这些问题，节假日他到书店买书、看书，列昂节夫的《政治经济学》、高尔基的作品，包括马克思的《资本论》，他都买来研读，高中期间就有"小哲学家"的称号。高中毕业后，他考入当时国家最高学府中国西南联大数学系读书。读大学期间，他已经不满足于从书本上获取知识，而是直接参加了地下党在学校的抗日救亡团体，在党的指引下参加抗日救亡活动。

从大学二年级开始，刘国志开始写入党申请书，连续写了三次，终于在 1940 年被地下党组织批准加入中国共产党。毕业后的刘国志突然面临着人生从没有过的选择：家人希望他到美国去读书深造，地下党希望他到云南去工作。刘国志感到很苦恼：怎么办？他希望党组织帮助他决定。党组织告诉他，出国留学是为国家储备人才，到云南去工作是党的需要。1944 年，日本帝国主义向西南发起了最后猛攻，中共中央要求国民党统治区的知识青年迅速到农村去，一旦日本人占据城市，我们在农村还有自己的根据地。刘国志最后决定，服从党组织调遣，一个人到了云南陆良，在一所县中学以做数学教师为掩护，协助当地党组织进行农村武装力量的筹建，为 1948 年反美蒋的农民起义组建了滇桂黔边区纵队的主要队伍。

1946 年，刘国志奉调回重庆，担任沙坪坝区学生支部委员会书记，公开的身份

刘国志

是国民党四川省银行重庆经济资料政策研究室资料员。工作期间，刘国志把自己的工薪收入大量投放到学校，开展反饥饿、反内战活动。在这期间，国民党反动派在昆明暗杀了民主人士李公朴、闻一多，刘国志组织重庆大学学生罢课、示威游行，抗议国民党反动派对民主自由的践踏破坏。不幸的是，刘国志后来被他的上级、地下党副书记冉益智出卖。

　　刘国志被捕后，徐远举非常兴奋。他想，这个细皮嫩肉的公子哥哪可能是骨子里就相信共产革命

刘国志的毕业证明书

这一套，不过是年轻人图新鲜、赶时髦罢了，只要政府稍加规劝，一定能使他"浪子回头"。

徐远举在审讯刘国志时问他："你的一切做法都是在跟自己家人过不去，你知不知道？"刘国志没有回答。徐远举又问："你的上级已经把你的情况全部交代，让你到这儿来，主要是看你态度老不老实。希望你配合政府，争取宽大处理。"刘国志说："既然我的上级已把我出卖，你们什么情况都清楚，还问我干什么？你要问，我就三个字'不知道'。"徐远举做梦也没有想到，刘国志是如此的"不识抬举"，于是决定用刑罚对他进行惩治。

刑罚对今天的我们来讲非常陌生，有位烈士蔡梦慰（被捕前是《工商导报》的记者）曾用一首诗把人间魔窟渣滓洞、白公馆刑罚之惨烈记录了下来。他在长诗《黑牢诗篇》中写道：

热铁烙在胸脯上，
竹签子钉进每一根指尖，
用凉水来灌鼻孔，
用电流通过全身。
人的意志在地狱的毒火里熬炼，
像金子一般的坚，
像金子一般的亮，

蔡梦慰

可以使皮肉烧焦，

可以使筋骨折断。

铁的棍子，

木的杠子，

撬不开那紧咬的嘴，

那是千百万个战士的安全线啊。

用刺刀来切过胸脯吧，

挖出的也只有又热又红的心肝。

这首诗在大屠杀的时候被抛入荒草丛中，人民解放军在清理刑场时将它发现。

在刑罚面前，任凭敌人酷刑威逼，刘国志没有出卖同志、交代组织，最后敌人无计可施，只好将他戴上重镣，投放到白公馆监狱。

胡子昂

刘国志的家人可不是等闲之辈，得知刘国志被捕的消息后，他们纷纷动员里里外外、上上下下的关系，向国民党保密局施加压力，要求放人。胡宗南给徐远举打来电报，要求对刘国志个案处理，网开一面；国民党参议长胡子昂亲自给徐远举送去书

信，要求对刘国志从轻发落；重庆
市市长张笃伦亲自到徐远举办公室，
为刘国志说情保项……但是国民党
保密局特务徐远举对这一切给予了
抵制，他明确提出，刘国志不是一
般的共产党员，而是个有现行的要
犯，如果要我释放可以，那么今后
重庆地区再出现共党学生案件，我
行辕二处一概不管。

张笃伦

在徐远举如此顶撞之下，任何一方都不敢硬施
压力要求放人。于是，刘国志的家人又变换策略来
营救他，他们从香港请回了他的三哥刘国琪。刘国
琪在香港开公司做生意，是个有头有脸的人物。他
在香港打听到徐远举抽烟很厉害，于是给他定做了
一个纯金的香烟盒，又买了一块名贵的劳力士手表，
带上若干洋烟名酒来到重庆，在保密局上下活动，
行贿打点。

徐远举在收受了刘家重金的情况下同意放人，
但是他告诉刘国琪说，你弟弟犯的是重罪，从我这
儿出去最简单的条件，是在报上发表声明退出共产
党组织。刘国琪感觉这个条件并不过分，自己的弟
弟搞共产革命这一套，一直是家人的心头大患，长
期劝说都无效，现在通过政府的压力迫使他与共产

党划清界限，也正中家人的所求所愿。但是没想到，刘国志面对哥哥让他在"退党声明书"上签字的要求，坚决不答应。哥哥告诉他，你不要拿自己的性命开玩笑，刘国志明确地回答说，哪怕就是我死去，只要我的组织存在，我就等于没有死。第一次营救就这么失败了。

1949 年 10 月，我人民解放军在全国各战场形成注定胜利的局面，刘国志的家人再一次为他的安危进行奔走活动。这一次，他们又从香港请回他的三哥。刘国琪这次来到重庆，给国民党保密局送来一张空白支票，并告诉徐远举：你要多少钱，数目任填，我刘家如数奉上，但是我只有一个条件，希望降低条件放人。我的弟弟脾气如此倔强，他不愿做的事儿十头牛都拉不回来，你非要让他登报发表

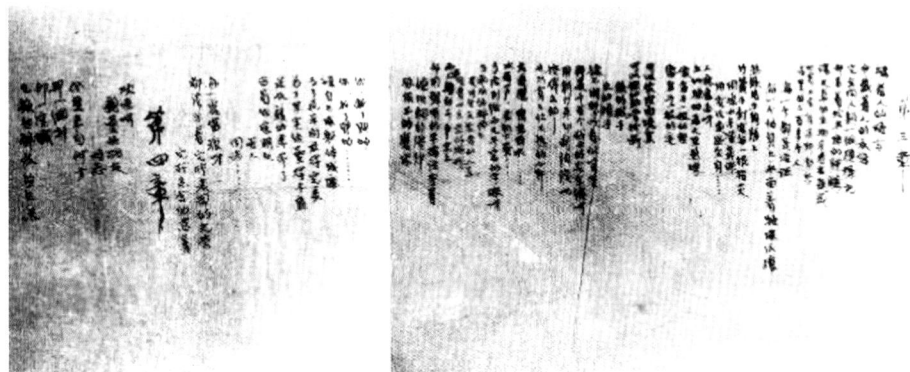

《黑牢诗篇》（手写稿）

声明，他不愿意，这不等于我们刘家白赔一条性命吗？反正你们马上要离开重庆，多个朋友多条路，香港方面今后有用得着我的地方尽管说话。

而这个时候，重庆第二次成为国民政府的临时首都，由广州撤到此地的军警宪特、达官贵人为抢黄金、兑美元，完全乱成一窝蜂，国民党保密局此时还要执行蒋介石大屠杀、大减负、大爆破三大任务，经费非常有限。刘家投其所好，送上空白支票，对徐远举是莫大的诱惑。

徐远举同意降低条件放人，但是他告诉刘国琪：国民党失败已成定局，共产党胜利指日可待，但我相信共产党一旦接管这座城市，绝对不容许罢课、示威、扰乱交通等情况出现，所以你弟弟为此写份检查、认个错总是应该的吧。刘国琪知道这是徐远举故意刁难，立刻就说："这样吧，因时间关系，我帮我弟弟向政府起草一份认错书，只要他签字，一样的算数。"在当时的混乱情况下，徐远举同意了。但是没想到的是，当刘国志第二次被带进徐远举的办公室，面对哥哥要求他在认错书上签字的时候，他还是明确地说道：要释放只能是无条件。哥哥扑通一声跪到地下，死死

徐远举

哀求他不要这么死心眼儿，但刘国志坚决不从，最后扭头走出办公室。两次营救就这么失败了。

1949 年 11 月 27 日，蒋介石签发屠杀密令，徐远举亲自部署，对刘国志进行第一批的密裁。当特务冲进白公馆监狱去提押刘国志的时候，他正在牢房的地板上写诗，刽子手冲进去连推带搡地将他推出牢房，押赴刑场。在奔赴刑场的途中，刘国志口头吟诵了他在牢房里未写完的那首诗。解放后，根据叛徒、特务的交代和脱险志士的回忆，我们把这首诗记录了下来：

同志们，

听吧，

像春雷爆炸的是人民解放军的炮声。

人民解放了，

人民胜利了，

我们没有玷污党的荣誉，

我们死而无愧。

这就是一个年仅 28 岁的共产党人在生命的最后一刻所发出的呐喊！"我们没有玷污党的荣誉，我们死而无愧。"什么叫做革命？什么叫做烈士？什么叫做为党的事业而奋斗终生？刘国志就是千千万万个典型代表之一，他绝不玷污党的荣誉，以自己巨大的信仰的力量，压倒死亡，战胜恐惧。

受尽酷刑　誓死保守党的秘密——张露萍

所谓信仰的力量，第三点是心存敬畏，执行党的纪律。一个人在政治上作出选择以后，对自己的组织要绝对有敬畏之心，然后才可能去坚决地执行纪律。在这方面，我们党有一大批执着于理想信仰、甘当无名英雄的情报勇士。他们没有监督，完全靠的是党性和良心；他们孤军作战，完全靠的是智慧、勇气和胆量。危险时，他们有牺牲个人以保全组织的决绝。"我是党的人"，这种价值取向，一直非常明确。

走向刑场的刘国志高呼"绝不玷污党的荣誉！"

刘国志留给世人的最后一首诗

刘国志就义的新闻报道

在这方面，我想向大家介绍一位我党的情报人员，也是在国民党发动反共高潮期间为我党在情报方面作出杰出贡献的一位人士，她的名字叫张露萍。

张露萍，原名黎琳。1937年，家里送她到成都蜀华中学读高中，不到三个月后，全面抗战爆发，黎琳相约几个同学脱离家庭，脱离学校，去了延安。在延安陕北公学读完高中后，17岁的她被送到抗日军政大学深造。18岁，她光荣地加入了共产党组织，并且与延安马列主义学院教员李青相识相恋并结婚。婚后不久，延安中国共产党社会部紧急通知黎琳：迅速收拾行装返回四川，利用自己父亲在国民党军中的关系，对川军展开统战工作。

我们党为什么要派一个年仅18岁的女子回四川去搞统战工作？我们来看一份档案资料。这份档案资料是延安时期中组部对黎琳的鉴定，一共16条，我们只看其中的第四、五、六条。

第四条写的是学习表现。"优点：学习有经常的积极性，能利用所有时间埋头苦干，认真学习，毫不马虎；无论上课、学习，精神都能集中，笔记清楚、有中心；讨论会准备充分，发言积极，有系统、有中心，能借题发挥；了解问题相当深刻，进步快，能帮助别人学习。缺点：不太虚心，有时表现骄傲和露锋芒。"

　　第五条是党的观念意识。"优点：能服从决议和响应号召，自我批评精神好；对公共事热心，守纪律；保存文件注意，能吃苦耐劳，群众关系好；党课了解后，能在实际行动中反映出来。缺点：友爱互助的精神不太够，有时表现出自私，不能够克己利群，个别的问题，不能站在党的立场上（如平时讲话），对人不坦白，也不够诚恳，相当狡猾。"

　　第六条是工作。"有些文化娱乐的工作经验，能力相当强，有魄力。特点：脑筋相当聪明，感觉敏

张露萍在成都建国中学时的留影

张露萍在延安写的自传

锐，露锋芒，能讲话；自己愿意到妇训班学习或做青年工作；为人聪明，活泼，适合于青年工作。"

通过第四、五、六条鉴定可以知道，她具备一种别人没有的特殊素质。

18 岁的黎琳来到重庆后，按照延安对她的规定，首先要到中共南方局军事组与叶剑英、雷英夫、曾希圣接上组织关系，然后归叶剑英、雷英夫单线联系。黎琳穿着旗袍、高跟皮鞋，擦着口红，提着小坤包突然出现在中共南方局军事组时，军事组的人员全部都炸锅了。"大家快来看啊，延安来了个大美女！"平常延安到重庆办事的人，都是穿八路军服装、系武装带，脸上高原红，土里土气，突然来了一个穿着旗袍、如此漂亮的女子，大家热议纷纷，以至于把三楼的叶剑英、雷英夫、曾希圣都给惊动了。他们说，你们看什么美女，我们也来看。然后，叶剑英、雷英夫、曾希圣就从三楼走到一楼，在天井围着黎琳上下打量，左右转看，边看边说，确实不错，确实很好，很美丽很漂亮。搞得同志们莫名其妙，说首长怎么今天有这么好的兴致。

黎琳对叶剑英说："首长，我来这儿是转组织关系的，我想今天晚上返回成都。"叶剑英、雷英夫交换了一下眼神，雷英夫告诉黎琳说："你先住下。"第二天，两位女同志来告诉黎琳："根据首长指示，你今天开始执行新任务。"黎琳问："我要执行什么新任务？"来人说："你的新任务有两个：第一，跟我们上街去吃喝玩乐，你想吃什么，想买什么，尽管去买，我们给你付钱；第二，你要尽快熟悉重庆的地理交通、街道门牌、地理环境等情况。"

就这样，在两位女同志的护送下，黎琳天天上街搞消费，每天晚上回来以后不是叶剑英就是雷英夫或者曾希圣陪她吃饭，也不问她花了多少钱，只问她今天到哪儿去了，坐公共汽车经过哪些站，走路经过哪条街哪条巷，坐黄包车看到了什么标志性的建筑。连续七八天下来，黎琳把整个重庆的情况都基本上摸清楚了，然后叶剑英、雷英夫、曾希圣三位首长向她下达了五条新任务：第一，黎琳这个名字你不能再使用，改名叫张露萍；第二，南方局军事组在国民党军统电台成功发展了冯传庆、张蔚林两位同志为秘密党员，从今天开始，你假扮张蔚林的妹妹与他们联系，为我们传送情报；第三，通过冯传庆、张蔚林，继续在国民党军统发展党员，一旦三人以上，你即为支部书记，负责实施领导；第四，绝对不容许与任何党员组织发生横向关系；第五，万一出了问题，暴露了，你必须一个人承担全部责任。记住，你就是一个以贩卖情报为生、贪图享受的女子，绝不能暴露我们之间的半点关系。

就这样，黎琳改换了名字，接受了任务，进入了风险作业的情报系统。在她的领导之下，通过冯传庆、张蔚林，又将杨洸、赵力耕、王希珍、陈国柱、安文元五人发展为秘密党员，建立了在国民党军统里的一个电台特别支部委员会，源源不断地为我们党传送情报、搜集各种信息。国民党军统电台全国有156个，波长信号、站台、联络密码尽数被延安所掌握，国民党军统人员里的派系、人员、履历、花名册也完全被中共南方局所掌握。

当年华北五省地下党组织，尤其是北平地下党一度经常出问题，弄得延安方面一直不知道问题出在什么地方。有一次，张露萍领导的军统电台成员在值班期间发现，有一个北平的电台信号不在军统156个联络站台范围内，但总隔三岔五地出现。他们把这一情况记录下来告诉了张露萍，张露萍把这个情况记录下来，报给中共南方局，中共南方局送到延安一查，这正是北平地下党支部的电台。后来通过成功的设计，一个已经叛变的副书记被成功除掉，由此保证了华北五省地下党组织的安全。

当年戴笠派了六个特工到美国去学习，携带两台卫星发报机要潜入陕

胡宗南

甘宁边区搜集我们的情报，并要求胡宗南秘密掩护，这封电报也被我们的军统电台所截获。这六个特工人员刚刚进入陕甘宁边区，就被成功拦截。

后来不幸的是，军统电台出了问题，被国民党军统局全部连锅端掉，张露萍也暴露了。戴笠实在不敢相信，如此年轻美貌的一个女子竟然是共产党的高级特工。他好言相劝，什么做女人的幸福、做母亲的滋味、家庭的前途、政府保证给你解决一切问题，等等，该说的戴笠都说了，只要求张露萍说出为谁工作。但张露萍一直坚持：我就是卖情报的，市场上有人买，我通过哥哥去要，然后我赚钱，为我的生活，为我的住房……戴笠根本不相信张露萍所说的一切，最后对她动起了酷刑，能够折磨一个女人的办法全部用尽，但张露萍仍然不改口。

蒋介石知道这件事情后怒斥戴笠，戴笠一气之下，要将这几个人全部处决。蒋介石不允许，说，给我转到贵州，慢慢地关着，慢慢地审，一定要挖出幕后指挥。张露萍、冯传庆、杨洸、赵力耕等七人被转囚到贵州息烽集中营。当年这个地方关了几百名革命志士，当张露萍穿着旗袍与几个国民党上校、中尉突然出现在这里时，大家都骂他们是狗特务、一帮人渣。再加上张露萍坚决执行党的纪律，绝对不容许狱中的党员与任何人员发生关系，所以在放风的时候经常被其他革命者言语顶撞，在劳动的时候被处处刁难，饱受了双重的精神压力与折磨。但是张露萍在狱中一直要求大家，绝不能暴露自己半点真实的身份。

下图这位老人叫韩子栋，《红岩》小说里华子良的原型，1934 年在北平被捕，之后被关押在南京、武汉、弋阳、息烽、重庆等地。由于他是山东阳谷人，说话南方人听不懂，在狱中没法与其他同志交流，再加上南北地下党组织不是一个系统，被关到重庆以后，他整日蓬头垢面，特务就认为他被关疯了，让他作为劳动力一块儿出去挑菜买菜。韩子栋在熟悉了外面的情况后越狱成功。全国解放后，他在北京的四机部人事司当司长，后来到贵阳当监委书记，改革开放以后在贵州省政协当主席，离休以后带领我们就张露萍的情况作过多次调研、采访和查阅档案资料的工作。每一次见到韩子栋老先生，他总要给我们讲故事，讲的最多的就是张露萍生命的最后一天——1945 年 7 月 14 日。他说："那一天，我们听说张露萍等人要被转移。我们这些老政治犯都知道那背后的含义是什么，那是他们生

韩子栋

命大限的时候到了。他们被押到院坝集合以后，我们突然发现张露萍身体在微微颤抖，尤其是那张嘴，在剧烈地抽搐。我们所有人都意识到她有话要说，我们扑向牢门，死死地看住张露萍，真想从她嘴里得到一个字。但是，只见张露萍一步一回首，一步一颤抖，直到消失在我们的视线中，都没听见她嘴里说出一个字。"张露萍殉难时年仅 24 岁。

这个案件后，中共中央紧急决定，调叶剑英回十八集团军总部工作，雷英夫、曾希圣调回新四军总部工作，重庆再无人知道这个案件。

新中国成立后评定革命烈士，贵州和重庆遗存下来的国民党部分档案资料上记载："张露萍，共党重大嫌疑犯。"张蔚林、冯传庆、杨洸、赵力耕等人是"国民党军统严重违纪分子"。无人知晓他们的情况，无人介绍他们的情况，所以无法进入革命烈士的评定范围。

改革开放后，全国大面积地落实政策。有一次，叶剑英在国防大学与校长雷英夫两人谈起此事，雷英夫说："怎么从来没听说过后面的事情？"后来，四川省委组织部、重庆市委组织部和我们红岩纪念馆联合组成调查组，经过 18 个月的走访、调查、查阅档案资料、采访当事人，尤其是在叶剑英同志亲自写了证明材料的情况下，四川省委在 1984 年下发文件，追认张露萍等人为革命烈士。这已经是张露萍牺牲几十年之后的事情了。

2008 年，我在查阅档案资料时，看到一份重庆国民党警备司令部报给蒋介石关于张露萍案件的结案报告，上面写的是："张露萍等人有可能为重庆地下党组织所指派。"张露萍至死没有暴露情况，以自己的沉默掩护了中共南方局的安全。

1986 年，我刚到歌乐山烈士陵园出任馆长一职，就接到上面通知，让我接待张露萍的前夫李青同志。李青担任过中华人民共和国交通部部长，离休以后第一件事情就是回重庆来纪念他的先妻。在机场我

张露萍等七烈士殉难处

张露萍烈士之墓

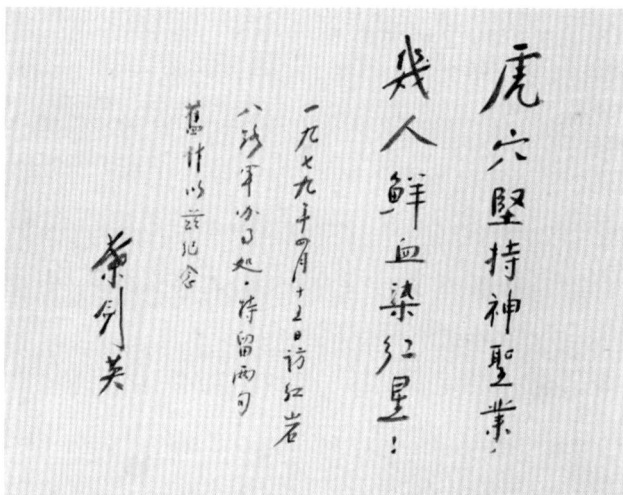

1979 年，叶剑英访红岩八路军办事处时题词留念

接到李青后，只见他抱了一束从北京带来的鲜花，但在车上任我怎么问他都一言不发。烈士墓献完鲜花，他绕墓地一周后停下脚步问我："厉馆长，你想问什么？"我说："我想知道，与你新婚不久即分别的妻子在你心目中留下的最深刻的印象是什么？"李青想了想，回答我一句话："她执行党的任务最坚决。"

"执行党的任务最坚决"，这是对这个 17 岁走上革命道路、18 岁加入共产党组织、24 岁不幸遇难的烈士一生最好的概括。张露萍他们以沉默掩护了中共南方局的安全，并且带领军统电台小组一直严守秘密，以自己的热血书写了"绝对忠诚"几个字。

冯

四十年代村，我们有两名同志打入戴笠那里，后来暴露了。一天，有一个人找到周公馆，我们决定送他去延安。我送给他一件皮大衣，并且把他送到江边。但他来的时候已经被特务盯上了，后来被戴笠的人捕去了。

叶剑英

天八二·七一

叶剑英写的情况说明材料

张露萍

张露萍留给我们的是一幅幅在四川、延安所拍下的照片以及照片背后写下的对生活的厚望和追求，但是，她的永远的沉默情怀让我们了解了什么叫做"革命先驱"。这种甘当无名英雄的价值取向是在国共两党斗争中我们党能够有理、有利、有节开展斗争，并且维系抗日民族统一战线大局的根本力量。为什么我们党在客观上不占优势的情况下能够有效地实施"团结进步力量，争取中坚力量，孤立、打击顽固势力"的策略，进而夺取政权，创建新中国？为什么蒋介石、国民党没有能够"溶"掉共产党，反而被共产党打败？恰恰是这些无名英雄在一定程度上支撑着我们党的工作。在《红岩》里有很多工运、农运方面的突出人物，但是还有更多没有被解密的无名英雄。

卧底国民党 13 年的速记员——沈安娜

所谓信仰的力量，第四点是为了国家民族的发展，甘愿默默无闻、无私奉献。蒋介石曾说过这样一句话：共产党搞工作 20% 靠军事，50% 靠情报宣传，30% 靠统一战线。我想跟大家讲一下在情报战线上我们党卧底时间最长的一位同志，名叫沈安娜。只要蒋介石开会，我们总能看见旁边有位作记录的女同志，她就是一直在国民党中央常委会担任速记员的沈安娜，卧底国民党中央长达 13 年之久。

19 岁时，沈安娜从浙江速记学校毕业，之后以优异的成绩被保送到浙江省政府担任速记工作。到浙江省政府工作后，朱家骅非常喜欢她，因为她工作好，速记没有差错，人长得漂亮，又不参加任何活动，只知道工作。在浙江省政府工作期间，中共中央特科情报人员华明之与沈安娜相识相恋，最后结婚。在华明之的影响引导下，沈安娜开始为我们党搜集情报。最先对他们实施领导的，是中共中央特科二科科长王学文，他以"舅舅"的身份与他们取得联系。王学文在解放后一篇文章中这样回忆"沈安娜打响的第一炮"："……保安处长宣铁吾的秘密军事报告，因为宣铁吾主要负责'清剿'皖浙赣边区和浙南地区的红军游击队，沈安娜将宣铁吾的报告、国民党的计划，以及武器装备、公路碉堡的附件、图表等重要情报，用特殊药水写在信纸背面，然后正面写一般的家信。"20 世纪 30 年代，蒋介石发动五次"围剿"，"清剿"我们的红军，尤其是皖浙赣红军。他们

朱家骅

19岁的沈安娜

武器装备、人员力量都非常弱小，沈安娜的情报，使我们党及时采取防御措施，分散和反包抄，非但在国民党"围剿"中没有被打掉，反而将宣铁吾击溃，把他的武器装备全部用于提升我们的战斗力。

抗战全面爆发后，1938年，沈安娜随朱家骅一起到了重庆。朱家骅那时已经是国民党中央党部秘书长，沈安娜要在中央党部工作，必须获得"特别党员"党证。朱家骅联络三名国民党中央委员联合推荐沈安娜，使她获得了特别党证。从此，沈安娜连续十年为我们党传送情报资料。沈安娜传送的情报资料究竟有什么价值呢？我们来看一下抗战初期的情况。

1937年国共两党合作以后，蒋介石明确提出"一个大党，一个领袖，一个国家"的计划。蒋介石告诉共产党说，我把国民党的名字取消掉，你们也把共产党的名字取消掉，我们两个党合为一个党，取什么名字你们说。中共识别出蒋介石这种要"溶共"的阴谋，明确向蒋介石提出：两个党可以合作，但是绝不能合并。1939 年 1 月，蒋介石在重庆约见王明、吴玉章时明确提出："共产党不在国民党内发展不行，因为民众是国民党的，如果共产党在民众中发展，冲突是不可避免的；他党可以并存，但共产党不能够并存；如果不取消共产党，我死也不瞑目。"中共最后明确回绝蒋介石："不能够合并。"为什么？我们看一下中共在当时的态度。

1938 年 9—11 月，中共中央在延安召开六届六中全会，会上明确提出："抗日民族统一战线中主要的国共两党，必须同患难，共生死，力求进步，并经过长期的努力，才能打退日本帝国主义，否则不能。战争之后，这样长期同过患难、有了进步的两个党就能够造成继续合作的基础。"会议再一次"恳

"舅舅"王学文

华明之

1948 年 4 月 4 日国民党中央全会。速记员沈安娜是卧底 13 年的中共情报员

　　切地责成所有中国共产党党员，以互助互让和同生
死、共患难的精神，以尊重合作中各政党独立性的
立场，以谦和、互敬互商的工作态度，去亲近国民
党同志和一切抗日党派的同志"。（《中共扩大的六中
全会政治决议案》1938 年 11 月 6 日）

　　中共的态度非常明确，国共两党合作，共产党
可以服从国民党的领导，拥护蒋委员长抗战领袖的
地位。但是，蒋介石在中国共产党不愿意合为一个
大党的前提下，于 1939 年 1 月 21—30 日召开国民党

87岁的沈安娜用保存了几十年的国民党中央执委会秘书处的信纸抄写当年的记录。一手好字是她传送情报工作的重要条件

沈安娜一家三口合影

五届五中全会，除了部署第二期抗战的军事、政治、外交问题外，重点就是研究"如何与共产党作积极的斗争"，实际上是确立了"溶共、限共、防共、反共"的方针。在这次会上秘密制定的《限制异党活动办法》规定：严密限制中共和一切进步的思想、言论和行动；在他们所认为"共产党活动最烈之地区"，实行"联保连坐"，并在保甲组织中普遍建立"通讯网"，以从事监视和限制人民的活动。

在这次会议上，蒋介石一再强调，"绝不愿见领导革命之本党发生二重党籍之事实"，除制定《限制异党活动办法》，还制定了《共党问题处理办法》。针对这一重要情报资料，沈安娜迅速用速记传递出去，交给丈夫华明之报送中共南方局，最后报送到延安。所以，从二期抗战一开始，毛泽东就准确地作出判断，国民党的政策是"积极反共、消极抗日"。相应地，他也给出对策，认为我军弱小不可投入，坚持将兵力分散到农村，建立农村根据地，打击日军。正因如此，中国共产党才能够迅速地发展根据地，借此打击日军，收复失地。而所依靠的政策依据，则出自于沈安娜提供的准确情报。

抗战胜利后，沈安娜随国民党政府迁往南京。到南京后，国共两党面临着怎样合作的问题。1946年1月，政治协商会议在重庆召开，会议达成了五项协议——《关于政府组织问题的协议》《和平建国纲领》《关于国民大会的协议》《关于宪章问题的协议》《关于军事问题的协议》。这五项协议成为此次会议的最大成果，全国人民翘首以待，希望维护政治协商会议的成果，走政协路线。但是，在1946年3月召开的国民党六届二中全会上，政学系、黄埔系、CC系、孔宋系四大政治力量又进行了博弈，全面推翻了政治协商会议的五项决议，由此构成了国共两党四平之战的开始。

在六届二中全会期间，蒋介石决定对共产党动手。他连续两次召开最高军事会议，制定了半年时间将八路军、新四军全部击溃的计划。会议期间，沈安娜把这些重要的战略情报资料记录下来，送到了延安。此时，中央对沈安娜的评价是迅速、准确，

但也由此引来了 一些麻烦。

国民党方面感到很奇怪：为什么我们的泄密速度这么快？我们还没有动作，共产党就在报纸舆论上制约我们，我们的行动完全在共产党的掌握之中，是谁把我们的军事机密情报泄露出去的？国民党元老张继公开指责蒋介石说："老蒋，你身边就有共产党！"蒋介石觉得这个问题不能小觑，于是命令秘书长吴铁城组成专案组查，看谁泄的密。吴铁城很为难：都是高官，怎么查，查谁？参加会议的72人全部被列入专案组审查范围，唯独沈安娜没有。为什么？因为沈安娜掩护得很好。沈安娜在国民党中央工作一直是两点一线：上班，回家带孩子、照顾丈夫，上班。再加上沈安娜在国民党中央人缘太好，无论是宋美龄、林森，还是于右任、宋子文，谁请她作速记她都帮忙，所以她的办公室里挂了很多国民党元老的字画，没人怀疑她会泄密。

就在国民党逐一排查到底是谁泄密的情况下，沈安娜把情况向丈夫华明之作了报告，华明之随后又向延安作了汇报。中央一分析，觉得最后肯定会查到沈安娜头上，虽然相信沈安娜一定能自圆其说，但是在没有结果的情况下，最大的可能性是会将所有的秘书班子连锅端掉，这样一来，我们就失去了在国民党高层的速记情报人员。所以，中央下通知给华明之，要沈安娜迅速了结此案。

怎么迅速了结，我们不得其果。沈安娜在世的时候我不断采访她，她从来不跟我谈这件事，她只说一句话：终生纠结于此事。一直到了 2011 年，有一次，我和沈安娜同在人民大会堂参加一个公务活动，两人去得都比较早，我把她用轮椅推到一个没人的地方，再次问她："沈老，您一定要跟我讲，为什么您要终生纠结于此事？我作为一个博物馆馆长，必须要了解真相。"在我的一再追问下，沈安娜终于告诉了我实情。她说，当时为了执行中央"迅速了结此案"的命令，她主动找了秘书长吴铁城，跟他说了这样一番话："那天我在作记录的时候突然要上厕所，推门出去的时候发现《中央日报》驻会记者就在门口，我也没当回事儿。等我从厕所回来后，发现他人不在了。会不会是他在我上厕所期间，偷看了我的记录并把消息给捅出去的？"吴铁城本来查案就查不下去，一听沈安娜这么说，就说："完全有可能，这些记者经常乱播消息。"

沈安娜一生中十几年在红岩做情报工作，1949年按中央的通知，迅速脱离了国民党机关，回到了我们党的周围。

当时，像沈安娜这样的情报人员共有 1740 名，他们很多人后来去了台湾，因为蔡孝乾的叛变，导

北京西山无名英雄纪念广场

致千余人被害，数百人失联或下落不明。这是一段被尘封了的历史。后来，有关部门在北京西山为他们建立了"无名英雄纪念广场"。当时大陆派去台湾接收情报的这些人员，把台湾所有的布防图、所有的情况都搞得一清二楚，毛泽东因此写下了"惊涛拍孤岛，碧波映天晓。虎穴藏忠魂，曙光迎来早。"这些情报人员有的没有名字，有的即使有名字也不是真实的，除了能公开的以外，不能公开的人员身份至今没有公开。

像沈安娜这样的情报人员，他们默默无闻地为我们党提供情报资料，支撑我们有理、有利、有节地展开斗争。这种价值取向的核心点，就是他们的一种信仰。信仰的力量就表现在一个人把个人价值与社会价值结合起来，为国家、民族的发展而甘愿默默无闻、无私奉献。

敢爱敢恨　牺牲个人保全地下党组织——江竹筠

所谓信仰的力量，第五点是襟怀坦白，敢于担当责任。责任对一个共产党员来说是义不容辞的，红岩英烈当时所担当的责任，在今天有的是我们无法复制的。

　　有一位烈士大家都很熟悉，她就是中华革命儿
女的典型——江竹筠。在所有的烈士中，江竹筠应
该说是最为苦大仇深。她父母早亡，兄弟又病故。
她先是在美国人的教会学校学习，后来又在慈善家
刘子如的学校读书，受班主任李任夫的影响，加入
共产党组织，走上革命道路。作为我们党培养的一
位青年干部，她先是被派到重庆妇女慰劳总会担任
文字秘书，后到綦江铁矿当会计，再到敬善中学担

学生时代的江竹筠

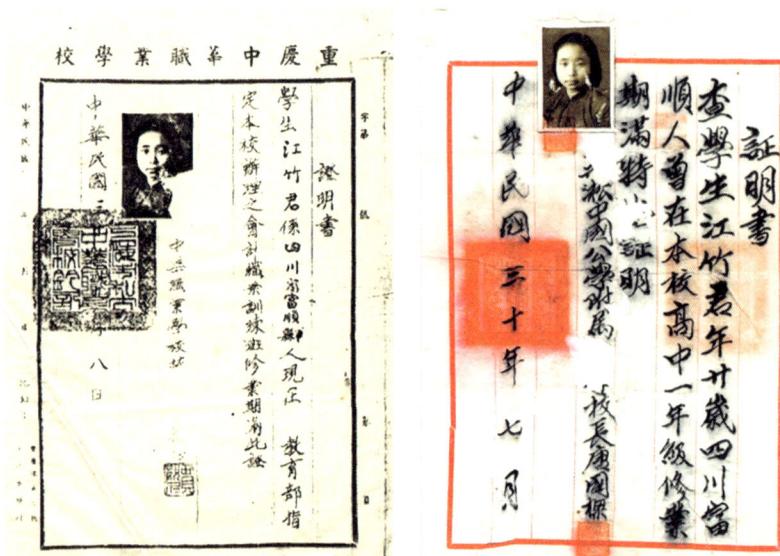

江竹筠的学生证明

任过一段时间的小学文字教员，最后被送到四川大学读书深造，长期埋伏，以待时机。

在四川大学读书期间，江竹筠发愤努力，吸取文化知识，充实自己。就在她专心读书的时候，接到党组织的一个紧急通知：迅速停止学业，回重庆担任市委机关领导人的假妻子。江竹筠一听：一个男人的假妻子怎么做？自己没有谈过恋爱，也没有同男人单独相处的经验，找不到任何感觉去完成这个任务。她拒绝了组织的调遣。组织上反复向她说明情况：重庆地下市委被国民党破坏，所有人员都上了黑名单，万般无奈的情况下从云阳县调来县委书记彭庆邦主持市委机关工作。但是彭庆邦的妻子谭正伦是一个小手工作坊的老板，没有地下活动的经历，也不熟悉重庆的情况，显然不适合掩护工作。江竹筠知道这一情况以后，服从了组织的调遣，办了休学证明，回到了重庆。党组织为了绝对的安全，花重金给彭庆邦得到一个公开身份——国民政府中央信托局高级主管，并且切断了他与家乡的一切联系，把名字也改为"彭咏梧"。

江竹筠来到彭咏梧身边工作后，彭感觉工作的安全性、保密性大大提高。90 名地下党员的名字不用任何记录，江烂熟于心，所有的会议决定只口头传达，不留只言片语。而江竹筠也发现，自己到彭咏梧身边工作以后，以前弄不清楚的问题、想不明白的道理，经彭一点拨就豁然开朗，感觉自己进步得非常快。所以，两个人在工作上可以说是志同道合。但是，随着时间的推移，这种友情慢慢地发展为一种爱情、一种相互疼爱之情。江竹筠清楚地知道，彭咏梧有妻子、有孩子，她要控制自己的感情，于是她向党组织提出请求：请组织另派他人来替代她的工作。组织上觉得江竹筠说的也是实情，所以拟重新物色人选，接替江竹筠。

但是就在这个过程中，两件事情改变了江竹筠

江竹筠和丈夫彭咏梧、儿子彭云

和彭咏梧假扮夫妻的情况。一件事情是日机轰炸万
县，彭咏梧的家和作坊全部被夷为平地，妻子谭正
伦、儿子彭炳忠下落不明，彭咏梧四处托人打听都
没有结果；二是军统已经知道中共重庆地下市委重
新组建，一个女大学生掩护，遂对家庭展开了拉网
式的排查。在这种情况下，江竹筠觉得，如果因为
自己的掩护不到位、不成功而暴露市委、暴露彭咏
梧的身份，那就是没有完成任务，所以她大胆地向
组织提出请求：如果老彭不反对，请批准我们结为夫

妻，我绝对保证市委和老彭的安全。组织上最后同意了江竹筠的请求，批准两人结为夫妻。后来他们又有了一个孩子，市委机关没有出现任何问题。

但是当孩子不到 6 个月的时候，川东地下党组织执行上海局的要求，发动游击骚扰，牵制国民党兵力出川。考虑到彭咏梧来自川东农村，决定派他回万县组织第一次武装起义，由江竹筠担任万县和重庆之间的交通联络员。两口子要去打游击，组织武装起义，孩子不能带去，于是四处托人帮忙照管。一天两天可以，时间长了谁都非常为难，就在这时，一个突如其来的情况出现：彭咏梧的前妻带着儿子找来了。原来他们没有死于大轰炸，而是大轰炸以后到了重庆，投靠了谭正伦的弟弟谭竹安。谭竹安当年在《大公报》工作，是我们党"六一社"的进步成员。姐弟俩四处寻找彭咏梧未果，最后在《大公报》登出寻人启事。后来，有人告诉谭竹安，你们要找的姐夫姓彭，会不会就是重庆地下市委的这个领导？他现在在国民党的中央信托局工作。谭竹安到中央信托局找了几次，最后发现这个人就是他的姐夫。

江竹筠知道情况后，主动向组织表示，这件事情由她自己来解决。她首先把谭竹安请到家中，把她与彭咏梧怎样假扮夫妻、怎样闻知家乡噩耗、怎

渣滓洞男牢房何雪松代表难友写给江竹筠的慰问诗

样面对国民党的盘查假戏真做、怎样怀上孩子生下孩子，如实地向谭竹安作了说明。最后江竹筠向他表示：本次任务结束以后，一定让彭咏梧回到你们家中，但是现在有个为难之事，就是我们的孩子没人看管，孩子是彭家骨肉，所以你们无论如何要答应抚养这个孩子。说完把孩子交给谭竹安，自己随丈夫走了。

后来，万县传来消息：彭咏梧在第一次武装起义中不幸牺牲，头颅被砍下来挂在城门示众。谭正伦在重庆闻听噩耗后伤心欲绝，可是她又得知，当党组织决定调江竹筠回重庆照顾自己的孩子、在市委机关继续工作时，江竹筠却拒绝了。她明确表示：老彭在什么地方倒下，我就应该在什么地方继续坚持

江竹筠在狱中用竹签写的最后一封家书

工作，坚守岗位。谭正伦百思不得其解：这是个什么样的女人？怎么连自己的儿子都不顾？革命的含义究竟是什么？又过了一段时间，由万县传来消息：江竹筠被叛徒涂孝文出卖，关进了重庆渣滓洞监狱，备受酷刑摧残……谭正伦在狱外得到地下党组织传来的一个又一个消息，她越来越想不明白：革命究竟是什么？

出于一个母亲对另一个母亲的同情，谭正伦把江竹筠的孩子带到照相馆照了一张相，托地下党组织把照片带到狱中，这成为江竹筠在狱中最大的精神支柱。而江竹筠也知道，自己不可能再有时间和机会向谭正伦说明其中的原委了。当狱友曾紫霞出狱的时候，她委托她带出这样一封信来表明自己的生死观。她说："家里面死过很多人，包括我亲爱的母亲，可是都没有像今天这样叫人窒息得透不过气来。我记得不知谁说过，'活人可以在活人心里死去，死人可以在活人的心中活着'，你觉得是吗？所以，他是活着的，而且永远活在我的心里。"

当江竹筠知道自己来日不多的时候，她又带出了最后一封信，对自己的儿子作了这样的交代："竹安弟，假如不幸的话，云儿就送你们了。盼教以踏着父母之足迹，以建设新中国为志，为共产主义事业奋斗到底！孩子绝不要娇养，粗茶淡饭足矣！"

写完遗信 13 天后，江竹筠被杀害，年仅 30 岁。

重庆解放后，谭正伦带着两个孩子急赴歌乐山。当在人民解放军协助下发现江竹筠遗骸的时候，谭正伦极度震惊，她没想到身材如此娇小的江竹筠却有如此钢铁般的意志。她只说了一句话："我一定把你的儿子抚养成人！"

新中国刚刚成立时，重庆生活极度困难，谁也没有想到，谭正伦把自己的亲生儿子送进孤儿院寄养，而只专心抚养江竹筠留下的孩子彭云。所以，彭云说："生我者江竹筠，养我者谭妈妈，对谭妈妈的恩情三天三夜我诉说不完。"

江竹筠以自己敢于担当的精神，掩护市委机关，保全地下党组织的安危，并且以个人敢于担当的精神，正确处理情与爱的关系，为我们塑造了一个光辉的楷模形象。

坚守气节　绝不低下高贵的头——陈然

所谓信仰的力量，第六点是要有气节，而气节必须建立在高度的理性基础之上。一个人要坚守自己的信仰，必须形成一种精神力量。这种精神力量，就是我们所说的气节。在这方面，我想跟大家介绍

一位徐远举在他的交代材料中数次提到
的共产党人——陈然。

陈然

陈然，北京香河人，抗战时期在重
庆担任国民党粮食进出口仓库机修车间
主任。国民党发动内战后，下令重庆、
南京、武汉的中共代表团全部撤走，并
且查封了《新华日报》。这一时期，重
庆的国民党《中央日报》天天刊登的内
容是："共匪"一夜之间不知去向，共
产党要发动内战。在这种情况下，陈然把香港地下
党组织寄到重庆的新华社电讯稿手抄件，用复写纸
复写后在地下党组织里秘密传看。后来地下党决定
把这张小传单取名叫《挺进报》，代替《新华日报》
在国统区发挥作用，由陈然担任《挺进报》印刷发
行支部委员会书记。但是后来，地下党组织又作出
了一个非常冒险的决定：利用《挺进报》对敌人展
开攻心工作，把《挺进报》寄给国民党的党政要员。
这引起国民党高层的监视。国民党重庆行辕主任朱
绍良要求徐远举限期破案。

军统特务徐远举，到重庆时仅为国民党的一个
上校，三年期间因破获共产党重大案件三次，被晋
升为少将。全国解放以后，徐远举在昆明被逮捕，
后关押在重庆白公馆。他做梦也没想到，白公馆会

成为关押自己的囚室。他在白公馆非常嚣张，说："成者为王，败者为寇，要审要打随你们便，取消哨兵，恢复自由。"后来陈赓、贺龙先后到白公馆视察，陈赓说，这白公馆关的有我们黄埔军校的同学，就买了鸡鸭鱼肉在白公馆搞同学会。徐远举跟其他人说："你们吃吗？这是共产党给你们的最后晚餐。"后来陈赓说："我们要杀你们，一扣扳机即可解决问题，没必要让你们到这儿来住单间、吃小灶，无非是让你们反省一下中国在你们手上几十年为什么民

《新华日报》　　　　新华日报社旧址　　　　《挺进报》

弱国弱，民不聊生。"贺龙说："他们不服气，给我调三辆卡车！"意思是让这些战犯戴上帽子、口罩，坐着车出去参观共产党是怎么治理被国民党破坏的重庆。通过一个星期的参观，这些特务战犯感觉到共产党不光打仗有一套，管理国家也有一套。所以，徐远举是第一个交代罪行的人，而且交代得非常彻底。宋希濂、王耀武等战犯就曾经在狱中跟他吵架，说："留点儿后路！"徐远举说："你们说一点儿和我全部说没有性质上的区别。"后来徐远举被周恩来表扬为"活字典"，调到北京秦城监狱继续关押。在秦城监狱，他写了 30 万字的《血手染红岩》交代材料。

1959 年，新中国开始释放战犯，一共放了几批，都没有徐远举。徐远举给周恩来写信说："我被您表扬为改造最成功的'活字典'，为什么官大的放了，官小的放了，老不放我？"周恩来把这封信给了公安部，公安部派人带了一本书到秦城监狱看望徐远举，这本书就是小说《红岩》。徐远举看完以后在日记中写道："全国人民现在都知道英雄是江竹筠，叛徒是甫志高，坏人就是我徐远举。"所以，他之后没有再提出狱的事情。1974 年，因为一个偶然的事故，徐远举脑溢血突发，送到北京复兴医院抢救无效，54 岁病故。

徐远举在狱中所写的《血手染红岩》材料中对

《挺进报》案件是这么交代的："限期破案对我来说是一个沉重的压力，顶头上司的震怒、南京方面的责难，使我感觉到有些恐慌，也有些焦躁不安。当时特务机关的情报虽多如牛毛，但并无切实可靠的资料，乱抓一些人解决不了问题，栽赃陷害又怕暴露出来更麻烦。我对限期破案不知从何下手，既感到愤恨恼怒，又感到束手无策，但在无形战线上就此败下阵来，又不甘心。"

最后徐远举制定了一个"红旗特务"计划，使《挺进报》案件被彻底地破获。他让一些曾在日本、德国留过学或在美国参加过培训的特务伪装成进步人士，在书店、学校、公共场所说一些进步的话，做一些进步的事儿，然后搜集蛛丝马迹，给予汇总分析。徐远举交代说："破坏《挺进报》，最初的线索是渝站渝组组长李克昌在文成书店的一个内线提供的。李克昌是渝站的一个'红旗特务'……混入工农群众中，迷惑工人，发展军统特务……"特务李克昌掌握的内线姚仿恒当时在民盟的一个书店里卧底，而民盟书店的店员陈柏林是中共地下党员，姚仿恒就介绍了一个失业青年曾纪刚与陈柏林认识。曾纪刚伪装成重庆大学被开除的一名学生，为了完成学业到书店里来读书，书店一开门就拿本书看，看到中午，吃块馒头继续看，到晚上书店关门仍然不愿

意走。一天、两天、三
天……陈柏林觉得，这
是多好的同志、多好的
青年啊，如果把他吸收
为外围成员，协助我工
作，一定是得力助手。
所以，曾纪刚的种种假
象使陈柏林受骗上当，
最后陈柏林竟然要求自
己的上级任达哉（地下
市委交通联络员）对曾
纪刚进行当面考察。任
达哉严重违反党的组织
纪律，擅自作出决定对
曾纪刚进行考察，结果

挺进报社旧址

一去即被国民党逮捕。后来任达哉叛变，暴露出市
委机关，整个地下市委被破坏。

在这种情况下，我们党迅速地作出应变对策，通
知陈然马上撤走。陈然收到信后作出了这样一个决
定：我现在这样走了会绝对安全，但是国民党就认为
地下党《挺进报》完全没有工作能力了，不如干脆把
第23期《挺进报》提前一个星期印刷出来，照样发
行出去，也寄给国民党的党政要员，这样就会扰乱国

民党的视线，同时对被捕的人员也起到一个掩护。

陈然这么决定以后，立即返回阁楼印制第 23 期《挺进报》。但是，当他按照各发行据点需求全部装好正准备下楼送出去的时候，特务已经包围了整个厂房，他没法脱身。陈然首先返回阁楼，把那份发行名单全部撕碎吞下，当特务上来检查的时候，除了油印工具、第 23 期《挺进报》，其他一无所获。被捕以后，陈然被敌人突击审讯，要求他交出发行名单，以加大对地下党的破坏，然而陈然任凭敌人酷刑威逼，他没有出卖同志、交代组织。

2008 年，我在查阅国民党资料时，看到一份陈然的档案资料，上面有这么一篇记录："共匪陈然刑场伏法记：当共匪陈然被推下刑车执行死刑的时候，只见陈然匪咆哮刑场，猛力扭身，高声说：'有种正面打！'场面凝固。最后行刑队冲上前去，一拳将陈然匪打翻在地，最后枪对背开枪射击。"陈然牺牲时年仅 28 岁。

新中国成立后，我们在搜集整理陈然史料时，发现他在《彷徨》杂志上曾发表过一篇叫《论气节》的文章。文章一开始这样写道："气节是中国知识分子的优良传统。什么是气节？就是孟子所说的'富贵不能淫、贫贱不能移、威武不能屈'的这种磅礴天地的精神。……许多人在平时都是英雄志士，谈道理口若悬河，爱国爱民一片菩萨心肠，但是到了'威武'面前，低头了，屈膝了，不惜出卖朋友，出卖人民，以求个人的苟安，再不然做一个'缩头乌龟'，闭门读书去了。……在平时能安贫乐道，坚守自己的岗位；在富贵荣华的诱惑之下能够不动心智；在狂风暴雨的袭击下能坚定信念而不惊慌失措，以至于'临难毋苟免'，以身殉真理。……人总不免有个人的生活欲、生存欲望。情感是倾向欲望的，当财色炫耀在你的面前，刑刀架在你的颈上，这时你的情感会变得脆弱无比，这时只有高度的理性，才能承担起考验的重担。"

气节建立在高度的理性基础上，绝不是建立在感性的基础上，陈然是这么说的，也是这么做的。支撑他的信仰就是忠诚于自己的政治选择，绝不去玷污党的名誉。

在金钱与理想的天平上选择以理想为重——卢绪章、肖林

所谓信仰的力量，第七点是在面对金钱与理想的选择时，毫不犹豫地选择以理想为重。在这里我想跟大家介绍《红岩》里的两位"秘密财神爷"，他

们有气节、有理性、潇洒大度，把个人命运与国家命运结合在一起，为我们党作出了无私的贡献。

地下党期间，没有钱寸步难行，尤其是在重庆，中共中央南方局不但要保证南方13省市地下党的经费开支，连延安要什么也都得提供。可是，当年南方局在重庆除了董必武、吴玉章等人是国民参政会参议员、每月有国民政府津贴外，其他人都没有钱。1939年，周恩来下令南方13省市为南方局推荐同志去当红色资本家，为我们党找钱。南方局13省市推荐了若干人，最后有两个人被选中，其中之一就是上海人卢绪章。

卢绪章

卢绪章1933年在上海创办广大华行，从事医疗器械药品的买卖。1937年入党后，他把自己的药店作为地下党的活动据点和经费来源。1940年初，中共江苏省委书记刘晓亲自护送他到重庆，经过培训后，他下海当红色资本家，接受周恩来的单线领导。他把上海广大华行的一部分迁到重庆，买下白相街一栋楼开始做起业务，13个工作人员中有两人是共产党员。他先从医疗器械、药品买卖开始做起，后来为了扩大业务，他通过各种

1940 年，卢绪章与广大华行职员合影

重庆广大华行旧址

关系，通过国民党蒋介石侍从室专员施公孟认识了
香港的船王包玉刚、重庆的船王卢作孚，联合投资
扩股，组建了民孚公司，把自己的产业扩充到交通
运输和商业保险。后来，他通过孙科太子系取得国
民党的少将参议头衔，又通过与宋子文联合开公司，
从国民党中央银行大量贷款，转手高息放租，两次
动用"美龄号"直接向延安运送物资。

在这期间，卢绪章的广大华行担负着为南方局
提供经费的任务。广东地下党组织需要经费，卢绪
章一次性提供 8.2 万法币。到抗战结束时，卢绪章的
公司账面净利约为 39 亿元。在这期间，海外捐款的
支票、黄金等也通过卢绪章转为法币或黄金，支援
延安和其他解放区的需要。抗战胜利后，按照周恩
来指示，他把自己的产业迅速向上海集中。后来党
组织又交给他一个任务——开辟海外贸易业务。卢
绪章遂命令自己的助手舒子清带着 30 万美元到美国
广交华侨富豪、工商巨擘，成功打开了局面，成为
美国施贵宝药业集团在中国的总代理。之后，他又
与美国的摩根财团做成大量布匹、钢材、化工的生
意。他的公司由此名声大噪，搬到华尔街 50 号，成
为中国共产党领导的第一个海外跨国集团公司。《与
魔鬼打交道的人》这部电影，就是以他的海外贸易
业务为背景创作的。

电影《与魔鬼打交道的人》剧照

卢绪章是剧中张公甫的原型人物

1949 年 1 月，周恩来打电报给卢绪章，要求他清算海外资产，保留在港的部分资产，回国参加新中国筹建。卢绪章迅速地将美国的资产低价拍卖，在香港整合了全部的资产，形成了今天华润集团的基础。在清理香港资产的时候，他将 15 万美元移交给中共港澳工委，20 余万元港币交给西南地区党组织作为活动经费，1950 年又将个人的 100 万美元支持东南亚某共产党组织，在中共党史上被称为"百万富翁无产者"。

上海解放后，卢绪章曾担任华东军政委员会贸易部副部长，后曾任外贸部副部长，还是第一任国家旅游总局局长。离休以后，他在上海安度晚年。我们采访他时，问过他一个问题："为什么你要上交个人的全部股份，没有按照周恩来、董必武的要求保留自己的股份？"卢绪章说："当年我下海经商，那是绞刑架下的生活，脑袋瓜子别在裤腰带上，党什么时候要钱什么时候给，多么惊心动魄！所以当我接到通知回解放区把钱一交，浑身轻松，仿佛回到了人间，没有想过什么保留个人资产的事情。"

像卢绪章一样为党工作的还有肖林和王敏卿夫妇。他们由川东特委护送到红岩接受培训后，周恩来、董必武向他们下达了三条指示：第一，从今天开始，你们夫妻两人的组织关系归董必武单线联系；第二，南方局给你们提供 30 两黄金下海经商，干什么自己决定；第三，党什么时候要钱你们什么时候给，分文不能少。三条指示下达以后，肖林和王敏卿先在重庆创办了大生公司，后又创办华益公司。都说重庆"蜀道难，难于上青天"，1937 年国民政府把重庆作为陪都后，国民党蒋介石推行"新生活运动"，这个地方的生活方式一下子改变了，生活水平大大提高，早晨起来要用毛巾洗脸、牙刷刷牙，上厕所一定要用卫生纸。肖林当年从湖南进了若干吨手纸，从上海引进了大量牙刷、毛巾，囤积于重庆，逐次抛售，仅此一笔就赚了上百万法币。他们还在贵阳、昆明、武汉建了若干分销点。肖林有一句话："什么叫赚钱？只要有一分钱就要赚，只要有一分钱我都做。"

抗战胜利后，肖林和王敏卿按照南方局的要求，把自己的公司全部迁到上海。我们都知道，开国大典上毛泽东旁边站着很多民主人士，包括张澜、李济深、沈钧儒等。这些人是怎样到达解放区的？当时一条陆路，一条水路，肖林就在上海负责水路：从上海到香港，然后坐货轮到大连。

肖林哪儿来这么多钱做这些事情？这其中有一段故事。国民党第八军军长李弥在接收上海的时候，侵吞了大量日本财产，调到青岛驻防以后，他一分钱也不敢花，租了一所房子，派人昼夜把守。肖林

肖林和妻子王敏卿

和王敏卿知道这个情况后，到青岛注册了一个华益分公司，通过各种关系联络李弥的妻子。李弥妻子好打麻将，肖林两口子就天天陪她打，并且只输不赢，赢得她心花怒放。后来李弥认为这两口子是他们家的财神，就请他们吃饭，并当面提出：我投资办公司，赚了钱我们对半分。在李弥的掩护下，肖林大批大批地做起了山东解放区和上海之间的生意。山东解放区当年击败国民党六个师三个集团军，缴获大量黄金、美元、法币，薛暮桥向中央建议，可以把这些黄金、美元、法币运到上海，扰乱国民党的金融市场，为地下党活动发挥作用。中央同意了这个提议，并决定让肖林负责这项工作。这批黄金、美元、法币可不是一个小数目，肖林向李弥提出：山东那边的花生油倒到地上都没人要，而江浙一带的花生油却三倍的价钱买不来。李弥说：那咱们做一把。肖林说：我没有船，没有运输能力。最后两个人密谋，动用军舰搞一次所谓的军事演习，帮他们运输。最后，肖林做了600多个花生油桶，油桶的上半部分一小点装的是花生油，油桶倒过来，里面塞的全是黄金、美元、法币。

这笔黄金、美元、法币到上海以后，打通杨虎、主管码头经侦工作的阎锦文等环节，把一部分民主党派的人士、社会贤达和知名人士全部安全地护送到了解放区。肖林解放以后在一份材料中这样回忆说："当年我们送了多少钱，送给哪些人钱完全没有印象，只要中央通知一到，我提款就去送人，双方不问彼此的情况，只要暗号正确，我交钱就走人。"新中国成立后，肖林把自己没有用完的钱全部上交中共中央，其资金折合黄金12万两，其他固定资产折价1000万美元，他自己最后只留了三块银圆。在中共党史上，肖林被称为"两袖清风的无产者"。

肖林离休以后来到重庆，将他保存的三块银圆交给了重庆红岩博物馆，作为他红岩经济战线工作永恒的纪念。我曾经采访过肖林的一名下属，我问："肖林这个人怎么样？"那个人开口便说："肖老板，财迷得很！到他家里吃饭，十次都吃剩饭菜，都是外面应酬打包回来的，从来没有吃过新鲜饭菜。"作

肖林留下做纪念的三块银圆

为一个资本家，他并非没有钱。在我们馆里，有一件非常特别又非常珍贵的文物，那是一件衬衣。解放前，男同志的衬衣领子是布壳做的，不像现在的衬衣，领子抹上胶，怎么洗都洗不坏。当年布壳做的领子洗两三次就立不起来了，肖林的妻子在领子背后缝了三次布才让它立起来，以方便肖林打领带。作为一个资本家，他并非没有钱去买一件衬衣，但他想的是如何保证党的经费有足够开支。

无论是卢绪章还是肖林，他们绝对没有任何纪委的监督约束，也没有任何审计部门的查账，但是他们在管理过程中没有出过任何问题。从他们回忆录中记载的全部资料来看，有两个字赫然呈现在我们面前，那就是——信仰。坚守信仰是一个人追求人生价值的最大动力。

身陷囹圄　坚持学习——谭申明、余祖胜

所谓信仰的力量，第八点是努力学习，积累正能量。在狱中如何保持对党的忠诚？学习是一种重要的方式。战争时期拿枪拿炮，新中国成立后建设靠什么？要靠知识，靠本领。没有知识和本领，就没法建设新中国。在此，我想跟大家介绍两位红岩里工人阶级的烈士。

第一位烈士叫谭沈明。他被捕前是一名工人，在狱中与同志们学习讨论的时候，他慢慢开始思考一个问题：今后新的国家的建设，如果没有西方先进的发达技术，我们该怎么学习？如果不了解西方社会，不了解马克思主义、列宁主义，我们该怎么掌握理论？所以，他向那些读过大学、出过国的人请教学习外语。在狱中将近八九年的时间，他写下 13 本英文和俄文笔记。

新中国成立后，我们把其中一本俄文笔记送到外语学院鉴定，俄语老师翻译的结果是这样的："艺术和科学的目的是完全一样的，它们都认识现实，帮助生活。区别在于，一个是认识和表现某一种感情的工具，另一个

谭沈明

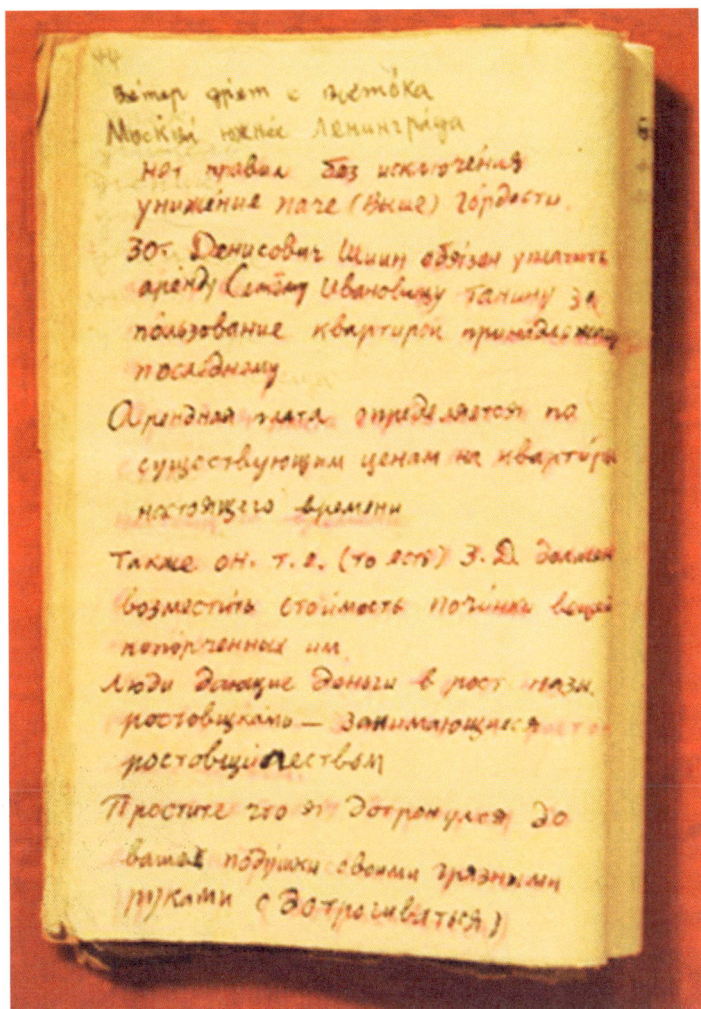

谭沈明狱中的俄文练习本

则相反，是再现现实的特点。这是第一个区别。唯有技术一次又一次经过实践，但它不可能帮助人认识现实。艺术，当然需要技术，除此之外，它能使人认识现实。艺术的定义就是认识现在的特点，并用技术完善地巧妙地表现出来，依靠艺术了解自然和社会，艺术有利于生活。"一个工人学外语做出这样的笔记，其中的内容在今天看起来仍然带有一定的哲理性，真是令人叹服。

还有一位工人叫余祖胜，他喜欢写诗，被捕前写，在狱中也写。我手上有他九首诗，其中一首是反映当时社会现实状况的，叫《阴暗的角落》：

我走进了一条阴暗而潮湿的巷子里，
衰老的墙角两边产生了一层绿苔。
没有城市的喧嚣声，
人们把这冷寂的巷子遗忘。
墙角下好像有个什么东西，
远远的很难看得清楚。
黄昏带来了灯光，
渐渐地能使我辨认他的面目。
他抬起头默默地看了我一下，
从胸前伸出一只手来，
我知道他是一个小乞丐。

余祖胜

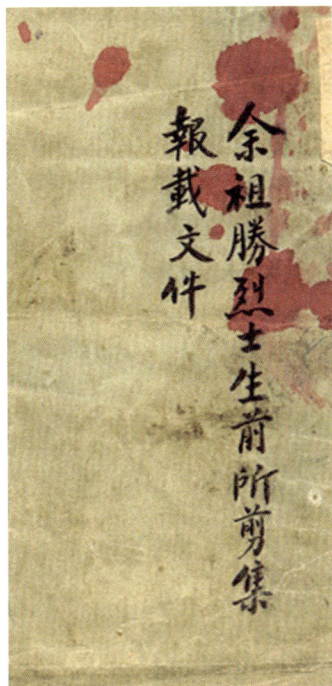

余祖胜烈士生前所剪集报纸文件

他没有控诉，

他那流着的眼泪替他说了太多。

我停止了脚步，

想给他一点儿钱，

但是我衣袋里除了两张草纸外什么都没有。

我惭愧地望着他滴的眼泪，

最后他向我点点头默默地走了。

这是对社会现实的真实反映。美国密西西比大

学的乔舒亚·H.荷德华在《余祖胜：重庆抗战时期的
革命知识分子及思想基础》一文中说："余祖胜的诗
歌是写给穷人的，他并没有直接使用阶级斗争的字
眼，也许这并不奇怪。如果用直截了当的词语描写
阶级斗争，那么就不会写出那些优美的诗篇。他用
道德和伦理来表达他对阶级关系的理解，他的作品
充满了对社会不公正现象的忧虑。"

这些工人阶级烈士以及其他烈士，在狱中通过
学习形成一种正能量。他们为什么能够压倒恐惧，
藐视死亡，战胜死亡，用精神力量去压倒一切？这
一切都是信仰的力量，是党性、人性所表现出来的
一种正能量。

第三章

忠诚与背叛

忠诚与背叛是伴随有政治选择的人一生的两个指标。

"狱中八条"里，"防止领导成员腐化""重视党员特别是领导干部的经济、恋爱和生活作风问题""严格进行整党整风"，都是就防止叛徒而言的。什么叫叛徒？有四个方面的表现：第一，领导干部的腐化主要是信仰的缺失；第二，政治规定压制不住人性弱点的个人盘算；第三，功利心的驱使使口心分离变成了常态；第四，自以为是、居高临下形成严重的官僚色彩。《红岩》里的叛徒一共有 13 个，其中七个罪大恶极，从市委书记刘国定、副书记冉益智，到区委书记李文祥、地委书记涂孝文，从骆安靖、李忠良，到市委的交通联络员任达哉。

叛变缘于一张登记表——任达哉

之所以会有背叛，第一个原因是不执行纪律，缺失了对组织的敬畏之心。任达哉是《挺进报》第一个被敌人抓住的，他经历了从宁死不屈到被攻破的过程。

据"狱中八条"记载，"1947 年 10 月，川东临委书记王璞同志从上海钱英同志处带回重庆任达哉的组织关系"，任达哉有觉悟，确实做了很多工作。任达哉被捕以后，一开始确实扛住了敌人的严刑拷打。他是敌人抓到的第一个认为有价值的人，但他没有畏惧酷刑甚至死亡的威胁，令审讯难以有所突破。由于任达哉的被捕是他错误地决定去考察、发展人员所致，所以被捕后他抱定一个决心：决不能再错，不能从自己口中再有任何过失。在国民党警备司令部、刑讯二处、保密局三个方面突击审讯的时候，他一直咬紧牙关，一言不发。看到这种情况，七个特务全部急了，他们冲上前去把他扑倒在地，扒去他的衣服、袜子、内裤，四个特务揪住他的手脚压在地上，两个特务揪住他的生殖器来回地乱拧。就是在这种情况下，任达哉都没有开口。三个半小时过去了，特务全都累了，到旁边去休息。军统重庆站站长李克昌说："你们休息，老子想办法，我就不相信攻克不了他。"李克昌把他的衣服、袜子、内裤穿上，扶他坐到凳子上，拿水给他的脸全部洗干净，端过水让他慢慢喝。就在任达哉喝水的时候，李克昌突然发现：这个人怎么这么面熟啊！不对，他肯定跟我有什么关系！他想啊想，最后终于想起来了，任达哉是他曾经的一个情报通讯员。

这是怎么回事儿呢？原来，1939 年，中共中央下发通知：重庆所有的地下党组织就地卧倒，自谋职业，长期埋伏，以待时机。任达哉在这段时间，先是在民主报社当排字工人，但不足以养家糊口，于是参加了 3458 信息研究所的培训工作。待填表、登记、照相时他才发现，这里要做的是军统的社会情报搜集工作，但他已经无法退身。后来一想，管它什么工作，只要有钱养家糊口就行。在其后的半年时间内，他领了四次津贴，但没有向国民党提供过任何情报资料。后来李克昌觉得这小子只拿钱不干活，就没再使用他。1946 年，中共中央通知重庆地下党组织进行甄别，恢复关系，参加活动。任达哉隐去了自己这段经历，没有向组织交代。恢复党组织关系以后，他担任了交通联络员。

不曾想到的是，他没有屈服于敌人的酷刑，却毁于这张登记表。徐远举拿着登记表审问任达哉：任同志，你早点儿说清楚是我们的人，我们干嘛这么整你？任达哉一想，我怎么变成你们的人了？徐远举把登记表一亮，任达哉一看，脑袋嗡的一响。徐远举的最后一句话将他彻底击溃："我把这张表公布出去，你算什么东西？你就是卧底共党的内奸！你们党怎么锄奸，你比我清楚，现在你除了跟我合作，别无他途可循。"在这种情况下，任达哉出卖同志，交代组织，导致地下党组织开始被破坏。

后来，任达哉在白公馆看见被他出卖的人一个个被打得遍体鳞伤，却没有一个人屈服，他的良心受到猛烈的冲击。当国民党特务要求他出去配合参加工作时，他拒绝了；国民党要给他住单间、吃小灶，他也拒绝了。任达哉在狱中反思自己为什么会犯错误，结论就是：不说实话，酿成大错，毁掉人生。1949 年 10 月 28 日，国民党提出要将十名政治犯公开枪杀，其中七名是革命烈士，三名是包括任达哉在内的中共叛徒。在走出牢房的时候，任达哉说，他没有资格再喊"中国共产党万岁"。

一个人无论在什么情况下都敢于坚持，其最大的支撑就是心中的力量，这种力量是信仰、人格、价值、尊严的集聚。这种集聚像核裂变释放的能量，无法用生理现象解释，因为它是精神的、意识层面的。但是也有一点，这种"核裂变"只要有一点点瑕疵存在，就完全可能导致释放不出能量而变成废物。所有的叛变都是由种种原因导致的，但无论什么原因，最根本的一点是理想、信仰的坍塌。

只打个人的"小算盘"——刘国定

之所以会有背叛，第二个原因是以权谋私，思想腐化，在金钱与理想的天平上失衡。据"狱中八条"记载：市委书记刘国定去接头，被卧底守候的特务抓捕，他成功应对了特务的询问，但最终毁在为个人盘算问题上。

曾经与刘国定在地下党期间共事的肖泽宽（新中国成立后曾担任北京市组织部长）在接受采访时告诉我："刘国定是很有能力的人，人很聪明，有活动能力和组织能力，要干什么都搞得起来。早年就读过巴县农业小学，参加过救国会，是重庆较早的党员之一。……川东临委成立时，他是重庆市委书记，有点谨慎和左倾。做地下工作，只要思想上不出什么问题，就一般不会有问题。当时有很多空子可以钻，特别是经济上，刘在思想上放松了警惕，出了大问题。"

1948年，面对全国即将解放的形势，刘国定开始为自己盘算：解放后少说自己也是一个地厅级，但是住的房子和生活支出不可能还是党费开支，必须自己有钱；他还想找一个漂亮的知识女性做伴侣。狱中同志讨论时有人说："他被捕前一直想结姨太太，有一次他私人找何忠发借钱做生意，何说，'组织上的钱不

采访肖泽宽

能借，我自己没有钱借给你'，刘便告诉石果（川东临时工作委员会书记），说何在经济上有问题，石果问何后才弄清楚了。"刘国定叛变时，第一个就将何忠发出卖。"狱中八条"记载，狱中同志在讨论刘国定腐化行为时指出："他叛变前始终和徐远举讲价钱，说自己是省委兼市委书记，要当少将、处长才干。叛变后对人非常神气，大有不可一世之概（因为他是徐的最主要助手、心腹了），对徐是毕恭毕敬的，对二处其他特务一概瞧不上眼，特务都讨厌他。"

肖泽宽在《我在川东地下党的经历》一文中写到新组建地下市委时，对刘国定有这样的记录："王璞在上海时曾向钱瑛汇报，认为刘国定在城市工作太久，生活不艰苦，经济上不检点，打算调他到农村，但他不愿意。钱瑛说，那就暂时不忙动，以后再说。"由此我们可以看出一个问题：组织上对有"病"的干部没有果断采取措施，带"病"使用！假如当时及时地调动刘国定的工作，也许不会出现第三次大破环的恶果。

不经严刑拷打就轻易投降——冉益智

之所以会有背叛，第三个原因是不严于律己，信仰缺失，生死关头选择苟且偷生。这主要是指市委副书记冉益智。"狱中八条"记载：市委副书记冉益智被捕后，在特务的恐吓下供出已经被捕的刘国定是自己的上级，自己只是副书记，刘国定是市委书记。

他为什么叛变这样快？他是怎样被捕的？

冉益智和刘国定相比较，刘国定如果不是面对胜利开始盘算个人得失，他确实是一个有理论水平和实际工作能力的人；而冉益智则不同，他是一个典型的两面派。

刘国定被捕后，供出了地下党一个据点，结果特务在那里抓住了一个人。这人被特务"即抓即放"，随后却被监听了电话，结果掌握了冉益智第二天要去北碚接头的消息。原来，刘国定被捕后，地下党组织紧急决定在北碚召开碰头会。冉益智当天没有按规定的时间准时出现，其他同志见状就立即撤走了。迟到了的冉益智到后东张西望，被守点特务发现，带进一个旅社。特务问他："到这来干什么？"冉益智无所谓地回答："我是找人的。"特务又问："你是不是找李维嘉？"冉益智完全没有防范意识，脱口便出："是啊。"特务逼问："那你也是共产党？"冉益智这才有所警觉：李维嘉是通知开会的市委常委，这些人怎么知道？他意识到危险以后，立即矢口否认认识李维嘉。几个特务立即将旅社床上的被子抓起来，将冉益智的头蒙在下面，让他不能呼吸。这突如其来的动作使冉益智憋气难忍，他摆着手求饶说："我说！我说！"没有动刑，他就叛变了，如此之容易、之迅速，令人难以置信！

狱中同志在总结分析冉益智腐化问题时指出："（他是）典型的动摇知识分子，被捕前一直隐藏着自私、卑污的弱点。曾紫霞入党举行宣誓仪式时（1948年3、4月间），他一再强调气节、人格、革命精神，被捕前一天还和胡有猷高谈气节问题，胡、刘国志等一直相信和崇拜他。"

在讨论分析冉益智华而不实的学风时，狱中同

志指出："组织上有人叫他多花点时间工作，他说
'我来得及'。……任何一件事，他都有理由，有解
释。刘国志、王朴、陈然看见他叛变和听他谈叛变
理由也是说：'连叛变他都找得出理由，都是合乎辩
证的。'"

在讨论分析冉益智两面派作风时，狱中同志指
出："女中发生学生运动，是他领导。对方说'大概
有共产党在活动'，……冉认为"强龙难压地头蛇"，
在学生游行的行列中开了小差。结果学生以为伪政
府抓了他，还去要人，这样一来，对方有理由了：
'不是共产党，为什么要逃？'学生斗争失败了，优
秀同学被开除了。"

在讨论分析冉益智高高在上的严重官僚作风时，
狱中同志指出："冉和荣世正等同志搭船，船上很挤，
冉夫妇铺开行李之后发现人太多，冉立刻说：'我们
要有群众观点，要为群众服务，最好挤拢点，让些
地方出来。'同志们做了，但他自己的行李没有动。
当晚，其他同志（都是下级）只靠着坐了一夜。"

从这些历史档案资料，我们可以看到一个叛徒
的轨迹：对党组织失去了敬畏之心，信仰流失，不把
党和人民利益置于个人荣辱之上；谋取个人小算盘，
党性淡薄，思想行为不严于律己；做人不实，以权谋
私，在关键时候，尤其是生死关头，只能选择苟且

偷生，保命为上。

国民党特务徐远举抓住刘国定、冉益智看重利益这一点，施以诡计：给冉益智中校军阶和待遇，给刘国定少校军阶和待遇。刘国定立即向徐远举叫屈说："我是市委书记，是冉益智的上级，只是少校，不公平！"徐远举说："只要你交代出更多问题，别说中校，就是上校都给你。"为了能够得到更高的军阶和待遇，刘国定不惜出卖了在上海的地下党组织，还亲自带人到上海去捕抓肖林。由于地下党通过贵阳的通道传去了消息，肖林才及时躲避、免遭毒手。而刘国定却到南京接受了保密局授予的上校军阶。

刘、冉叛变给我们今天最大的警醒，就是"狱中八条"提出的"防止领导干部的腐化"和"严格进行整党整风"。

哭哭啼啼、长吁短叹的区委书记——李文祥

之所以会有背叛，第四个原因是功利色彩严重，关键时刻选择苟且偷生。城区区委书记李文祥1938年入党，被捕后遭受了特务施以的酷刑，他咬紧牙关打住了，但是在狱中被关押期间却出了问题。据"狱中八条"记载：李文祥在狱中"一直表现得不

渣滓洞墙上的标语

坏，渣滓洞的难友对他印象很好，尤其是他的案子重些（关白公馆是较重的），又是两夫妇被捕。"他带着脚镣手铐，天天坐在渣滓洞牢房门口，看着对面墙上的标语："青春一去不复还，细细想想，认明此时与此地，切莫执迷""迷津无边，回头是岸，宁静忍耐，毋怨毋忧"。李文祥看着这些标语，心里直发毛：熬了这么多年，好不容易要熬出头了，我却被捕了！人生苦短，怎么倒霉的事情都让我赶上了！他伤心流泪，捶胸顿足，长吁短叹。

这一切被特务看在眼里，他们觉得这小子肯定熬不住了。于是，特务将李文祥转押到白公馆，每天下午吃完饭后，再把他押到渣滓洞与妻子熊咏辉见面。一次、二次、三次，特务威胁他：再不交代情况，先把你老婆干掉，再把你灭掉。他的妻子表现得很坚强，对他说："不要哭哭啼啼的，有什么了不起！你坐牢我陪你，你要死，我跟你一起去！"

但是，李文祥实在忍受不了了，在白公馆监狱，他不顾难友的强烈压制，公开宣布了他的三大叛变理由：一、我被捕不该自己负责（是刘国定交代的），而且坚持了八个月，与我有关的朋友应该都转移了，如果还不走，被捕是不能怪我的；二、苦了这样多年，眼看胜利了，自己却看不见，比我更重要的人都变了，而二处要我选择的又是这样尖锐的两条路，不是工作就是枪毙，我死了对革命没有帮助，工作也决不会影响胜利的到来，组织已经完了，我只能从个人来打算了；三、我太太的身体太坏，一定会拖死在牢里的，为她着想，我也只好工作。

李文祥的这三条理由，有他一定的道理。比如第一条，他所掌握的联络站，在八个月的时间里由他安排转移的人应该早就转移走了，他把那个地方说出来也不违反"说死不说活"的原则（即以前曾经有过的事情，现在不存在了）；第二条他讲的是大实话；第三条，他认为连自己的妻子都保不住，这算什么呢！就算这样，但有一个事实不可否认：有李文祥这样的家庭问题的，不止他一个，但没有一个人像他那样苟且偷生、损人利己。

有位烈士叫邓致久，武装起义失败后，他带领几个游击队员躲避到山里。国民党合川警察局把他的妻子和孩子押到山上，要他们把邓致久喊回来，并且保证只要他去自首，就既往不咎。妻子唐克珍带着孩子天天到山上喊叫："致久，你下山回来去自首吧！致久，你回来呀！"一天晚上，邓致久悄悄地从山上回到家中，问妻子为什么天天这么喊。妻子说："不是

邓致久

我要喊，是他们拿枪逼着我们喊。不把你喊回来，他们就要把我们弄去关起来，还说要把孩子搞掉。我们是三条命啊！他们保证说，只要你去自首，就没事了。"孩子也从床上爬起来，抱住爸爸不让他走。看着哭泣的妻子和年幼的孩子，邓致久到合川警察局去自首了，可是并没有出现既往不咎的情况，警察局要他把山上的人全部供出，要他说出游击队的情况。邓致久面对敌人，就是一句话："此事因我而起，也因我而终。"拒不交代任何问题。后来，作为重犯，邓致久被押到重庆渣滓洞监狱关押审讯，但他仍然坚不吐实，在"11·27"大屠杀中被国民党杀害。

还有一位烈士叫艾仲伦，他为狱中难友送回了粮食，最后却牺牲了自己。艾仲伦被捕前参加"新民主主义解放社"的活动，于 1949 年 10 月 14 日不幸被捕，关押在国民党重庆警备司令部稽查处。他本可以活下来，但是为了给关押在新世界监狱的难友们找粮食，他放弃了自由的机会。

红岩革命历史博物馆的档案中记载："重庆解放前夕，社会局面已经相当混乱，看守所已经不能正常供应'囚粮'，几十个人面临着饥饿，看守所要求被关押的'政治犯'自己想办法去解决粮食问题。曾经当过新世界饭店经理的艾仲伦站了出来，

艾仲伦与妻子合影

他在特务的看押下，走出看守所，上街去找他的熟
人、朋友借钱、借粮，以解决看守所吃饭的燃眉之
急。当他第二次出来借钱、借粮的时候，被他的妻
子看见了，妻子要求他不要再回去，想办法摆脱特
务逃走，但是艾仲伦不愿意，他告诉妻子：'牢房里
很多人等着我带回去的粮食……'艾仲伦含着热泪，
看着自己的妻子说：'不要难过，要克服困难，一定
要坚持活下去。我自己做的事决不后悔，要打要杀，
我独自承担！'后来，他的亲戚又在街上看见他到
处借钱、借粮，上前再次劝他赶快逃走，由他来阻
拦特务，艾仲伦仍然不愿意，他留下的最后的话是：
'我不跑，'新世界'还关押着一百多人，他们在等米
下锅，我跑了他们怎么办？'"

当生的机会多次出现在艾仲伦面前的时候，他放弃了，想的却是那些被关押在狱中等着吃饭的难友。当亲人一次次哀求他赶快逃走的时候，他却不顾自己的安危，毅然把粮食送回了牢中。重庆解放前夕，他殉难于松林坡，年仅 23 岁。

同样是为家人，邓致久、艾仲伦与李文祥的行为却是天壤之别。

叛徒刘国定、冉益智、李文祥等最后的下场是怎样的呢?

1949 年重庆解放前夕，国民党保密局局长毛人凤向蒋介石打报告，要求发机票给对党国有贡献的刘国定、冉益智，让他们去台湾。蒋介石不同意，毛人凤再三要求。11 月 23 日，蒋介石把毛人凤叫到歌乐山林园对他说："这些叛徒如张国焘等人，去台湾对我们是有百害而无一利，主要原因是共产党胜利了，他们绝不会再死心塌地跟着国民党。而这些叛徒在台湾又没有什么关系，再也不能利用他们破坏中共地下党组织，只能徒增负担。我们到台湾后，不但要多养 批闲人，还要防范他们倒戈投向共产党，在台湾搞里应外合。而留这些人在大陆好处就太多了，让共产党自己去处理吧……"

刘国定抱住毛人凤的腿，请求他把自己带到台湾去，毛人凤给了他金条，让他自己逃命。解放后，刘国定、冉益智、李文祥等先后被专政机关缉拿归案，审理结案后处以极刑。李文祥的绝命书上说："1938年追随共产主义，肝脑涂地，出生入死，为什么红旗升起，我却自绝于党，自绝于人民？思之想来，世界观、人生观出了问题……"

疏忽大意酿成大错——许建业

之所以会有背叛，第五个原因是不认真学习，能量不足，盲目估计形势，错误决策。"狱中八条"之二、三、四、五、七条分别提出"加强党内教育和实际斗争的锻炼""不要理想主义，对上级也不要迷信""注意路线问题，不要从右跳到'左'""切勿轻视敌人""严格进行整党整风"，这几条主要是针对党内存在的一些问题。

重庆地下党被破坏，根本原因是违反地下工作纪律，马虎大意。许建业被捕后，备受酷刑，坚贞不屈。因在志诚公司宿舍留有党内文件，他唯恐有失，异常焦急。被捕当晚，他做看守兵陈远德的工作，托他转一封信出去，答应送他4000万元（伪法币）作为酬劳，并答应给他介绍工作。陈远德假装同情，表示愿意送信。这封信是写给电力公司会计、

许建业

地下党员刘德惠（也是志诚公司董事）的，请他到志诚公司宿舍把许建业床下箱子里的文件销毁。陈远德拿到信后，报告了特务上级，徐远举立即逮捕了刘德惠，包围了志诚公司，在许建业床下的箱子里搜出 18 份自传、一张海棠溪军事略图、一些工厂的情况资料和大批照片。这造成陈丹墀、余祖胜、皮晓云、牛小吾、蔡梦蔚、雷志震、潘鸿志、刘祖春等大批同志被捕。

许建业得知被骗后，悲愤至极，以头撞墙自杀未遂。而特务陈远德因此事连升三级，由看守提升为少尉。许建业没有执行党不保存文件的规定，大意地将工人入党申请书放在家里，没有按规定在发展党员后及时销毁材料，加之轻视敌人，造成大错。在其后的审讯中，他坚不吐实。我们今天讲出许建业所犯的失误，并不影响他革命烈士的定性，也不能抹杀他在工人运动中的光辉业绩。但是，必须严格执行党的纪律，不能轻视敌人，这是血的教训。

肖泽宽同志是川东地下党武装起义的主要经历者，川东武装起义执行的是上级发动游击骚扰、牵制国民党兵力出川的战略决策，但在当时条件下，搞武装起义的条件并不充足，结果一起事就遭到数倍于我的国民党军的"围剿"，导致起义失败。解放后肖泽宽总结说："我们在世的人应该总结，是自己打垮了自己。我们犯了盲动的大错，是左的危害。我一想起这个问题就感到内疚！我对不起同志，没有尽到自己的责任……"

在红岩革命历史博物馆，保存着一份川东特委《川东地区工作初步总结》报告。报告中指出，川东党为什么会接二连三地产生一些叛徒呢？除了这些家伙生活上优裕腐化、没有经过斗争锻炼、品质不纯等条件足以解释外，川东党的干部因而占据高位，形成党内贵族，一旦遇着事变就彻底投降敌人，出卖组织……

"形成党内贵族"，这是一个多么深刻的分析与总结！"生活上优裕腐化、没有经过斗争锻炼、品质不纯"是"党内贵族"的主要特征。说一套做一套、学风不正、口心分离、脑手分离、党性不纯、贪图享受、为个人谋算的"党内贵族"一旦形成，必将破坏党的肌体，影响党的形象，严重败坏党群关系，影响执政地位。

狱中报告针对大破坏所造成的恶果，有这样一个观点："下级比上级好。"《川东地区工作初步总结》中对一般干部的优点也作过一个分析：一、忠诚积极；二、吃苦耐劳；三、坚决勇敢；四、牺牲精神；五、有工作经验；六、与群众有联系。

狱中报告对领导干部的作风提出了要防止"过右"和"过左"的问题。《川东地区工作初步总结》报告在谈到领导干部的作风时指出："一、领导机构不是集体领导，只是向书记负责，导致了个人独裁；二、事务主义，没有总揽全局；三、官僚主义，只发指示、听报告，不深入基层，不听意见；四、家长作风，用大帽子扣人。"

狱中报告对提拔使用干部提出："我们希望组织上对提拔干部、审查干部、培养干部，一定要更进一步地谨慎和严格。"《川东地区工作初步总结》报告则对干部提拔使用指出了几个问题："一、重品质，重经验，重才能；二、重视对党员干部、特别是老同志的思想教育和提高；三、必须追究叛徒被提拔的责任。"

狱中报告提出："经常注意党的教育、审查工作，不能允许任何非党的思想在党内潜伏。"《川东地区工作初步总结》报告中指出："没有经常的党内教育，就是盲人牵盲人，不能自觉自动，就只能自生自灭。"

总结

学习历史　告慰先烈

1949 年，面对无法挽回的败局，蒋介石极度沮丧。为什么共产党能够集中那么多优秀人员？为什么共产党干部有那样坚强的党性？为什么消灭不了共产党反而被它战胜？他痛定思痛，开始研究毛泽东思想，甚至要求国民党高级干部学习毛泽东延安整风的著作，还决定在台北举办革命精神实践研究院，总结经验。

蒋介石说："抗战胜利以来，我们一般同志精神堕落，气节丧失，把本党五十年的革命道德精神摧毁无余。甚至违法乱纪，败德乱行，蒙上欺下，忍心害理。我们党和团的组合复杂、散漫、松懈、迟钝，党部成了衙门，党员成了官僚，在社会上不仅不能发挥领导作用，反而成了人家讥笑侮辱的对象。自抗战以来，本党在社会上的信誉一落千丈，我们的革命工作苟且因循，毫无进展。老实说，古今中外，任何革命党都没有像我们今天这样的没有精神，没有纪律，更没有是非标准。这样的党早就应该消灭淘汰掉了。"

　　蒋介石的总结应该说是深刻的，除了没有总结他自己的问题外，该说的都说到了。抗战胜利以前，国民党的蒋介石变成了蒋介石的国民党。抗战胜利后，全国各地大量资产等待国民党中央政府接收，那些为了保命、保财的敌伪军、不法商人施展各种方法，贿赂接收大员，导致国民党面对大量接收财产，出现了"房子、票子、女子、车子、条子"五子登科的乱象。"蒋家天下陈家党，宋氏姐妹孔家财"，国民党的党内贵族把国家变成了私有财产，最终遭到历史的唾弃。

　　国民党在总结自己失败的时候，认为中共成功有这样四条原因："首先，国民党党政军内部勾心斗角、矛盾重重，官僚阶层专横腐败，把自己推到了社会的对立面；其次，国民党军坚持要用武力消灭共产党；再次，中间力量的转向；又次，久居农村的中共艰苦朴素、作风清廉、官民平等、纪律严明的政治形象、清廉之风，使众多的中间力量寄未来于中共。"

　　当年，驻延安的美军观察组向他们的司令长官史迪威讲了延安的中共政权建设"三三制"，说干部选举是豆选，即被选举人在一张桌子前面，后面放一个碗，选民看中谁，就在他后面的碗里放一颗黄豆，谁碗里黄豆多，谁就当选。史迪威认为有必要把这件事告诉国民党。据《史迪威与美国在华经验》

一书记载："几位记者从延安回来，向蒋夫人赞扬共产党人廉洁奉公、富于理想和献身精神。宋美龄感触良深，默默地凝视长江几分钟后回身，说出了她毕生最悲伤的一句话：'如果你们讲的有关他们的话是真的，那我只能说，他们还没有尝到权力的真正滋味。'"

我们今天已经尝到权力的滋味 60 多年，我们能不能继续保持全心全意为人民服务的宗旨？怎样坚持立党为公、执政为民？这不仅是历史问题，更是现实问题。

1948 年 12 月，刘少奇在对马列学院第一班学员讲话时指出："得了天下，要能守住，不容易。很多人担心，我们未得天下时艰苦奋斗，得天下后可能同国民党一样腐化。他们的这种担心有点理由。"1949 年 3 月，毛泽东在带领中央机关进驻北平时也告诫全党：要特别警惕"用糖衣裹着的炮弹的攻击"，谨防在"糖弹"面前打败仗；务必"继续保持谦虚、谨慎、不骄、不躁的作风"，务必"继续保持艰苦奋斗的作风"。

要保持共产党的先进性，就要"先天下之忧而忧，后天下之乐而乐"，将这种传统道德升华为一种共产主义理想，为党和人民的利益奋斗终身，将立党为公的崇高境界转化为一种人格魅力，为实现中

1944 年 6 月，毛泽东（后右一）在延安与中外记者西北参观团合影

华民族的伟大梦想而鞠躬尽瘁、死而后已。

最后，我想用几位烈士临刑前的遗书遗信作为本文的结束。许晓轩烈士在临刑以前给我们党留下了最后的遗言，他说："请转告党，我做了党要求我做的一切，在生命的最后几分钟仍将坚持这样。希望组织上注意经常整党整风，清除非无产阶级意志。"

车耀先烈士临刑前给他的三个孩子留下一封遗书："出生贫苦，不可骄傲；创业艰难，不可奢华；努力不懈，不可安逸。能以谦、俭、劳三字为立身之本，以骄、奢、逸三字为终身之戒，而做一个健全之国民，则父愿足矣。"

登上美国《时代》周刊的宋美龄

　　蓝蒂裕烈士临刑前给他儿子写了一首遗诗："你，耕荒！我亲爱的孩子！从荒沙中来到荒沙中去，今夜我要与你永别了。满街狼犬，遍地荆棘，给你什么遗嘱呢，我的孩子？今天愿你用变秋天为春天的精神，把祖国的荒沙耕种成美丽的园林。"

　　习近平总书记强调，要全面推进小康社会建设、全面推进深化改革、全面推进依法治国、全面推进从严治党。我们只有学习历史，才能热爱中国共产党，只有了解历史，才能建设我们的国家。我们应以自己的作为，努力奋斗建设小康社会，告慰革命英烈，做一个堂堂正正的中国人。

整理者：杨玉珍

图书在版编目（CIP）数据

红岩革命历史研究专家解读：《红岩》背后的故事 /
厉华口述；杨玉珍整理 . —北京：中国文史出版社，
2017.5

　ISBN 978-7-5034-9304-1

　Ⅰ . ①红… Ⅱ . ①厉… ②杨… Ⅲ . ①《红岩》—小
说研究—中国 Ⅳ . ① I207.425

　中国版本图书馆 CIP 数据核字（2017）第 144816 号

责任编辑：于　洋

出版发行：中国文史出版社

社　址：北京市西城区太平桥大街 23 号　　邮编：100811
电　话：010-66173572　66168268　66192736（发行部）
传　真：010-66192703
印　装：北京地大彩印有限公司
经　销：全国新华书店
开　本：142×210　1/32
印　张：3.75　　字数：60 千字
版　次：2019 年 1 月北京第 1 版
印　次：2019 年 1 月第 1 次印刷
定　价：35.00 元